COLLECTION FOLIO

Jean Giono

Notes sur l'affaire Dominici

suivi de

Essai sur le caractère
des personnages

Gallimard

© Éditions Gallimard, 1955.

Fils d'un immigré italien, Jean Giono est né le 30 mars 1895 à Manosque en haute Provence. Après la guerre où il combat au Chemin des Dames, il retrouve son emploi dans une banque, jusqu'au succès de son premier roman *Colline*, l'histoire de la vengeance de la terre contre les hommes qui l'exploitent sans discernement. En 1931, il évoque la guerre pour la première fois dans *Le grand troupeau* où il oppose l'horreur du front à la paix des campagnes provençales. Après *Le chant du monde* en 1934 — un de ses plus beaux livres dans lequel des intrigues amoureuses et violentes se nouent autour d'un homme puissant et farouche, dégoûté de la vie depuis la mort du seul être qu'il aimait —, Giono ressent le besoin de renouveler son univers romanesque et écrit *Deux cavaliers de l'orage*, un roman de liberté et de démesure où l'image du sang est omniprésente. Pacifiste convaincu à la veille de la guerre, Giono est néanmoins inscrit en 1944 sur la liste noire du Comité national des écrivains. Dans son *Journal* de l'époque, il se montre rétif à tout engagement, indifférent à la calomnie. Il puise dans cette épreuve une nouvelle vigueur et compose le « cycle du hussard », l'histoire d'Angelo Pardi, un jeune Piémontais contraint d'émigrer en France. Le cycle commence avec *Angelo*, continue avec *Le hussard sur le toit* où le choléra, figure de la guerre, frappe et se propage dans tout le Midi, et s'achève avec *Le bonheur fou* pendant la révolution italienne en 1848. Les chefs-d'œuvre se succèdent : *Un roi sans divertissement*, *Les âmes fortes* ou *le moulin de Pologne*. Dans les dernières années, malade, il écrit *Le dé-*

serteur en s'inspirant d'un personnage mystérieux dont il fait un véritable héros de roman : un Français qui, un siècle auparavant, s'était retiré dans les montagnes du Valais. Son dernier roman, *L'iris de Suse*, retrace la vie de Tringlat, voleur, pillard de maisons et complice d'assassins, qui se retire dans les montagnes pour échapper à ces derniers. Là, contre toute attente, il s'éprend d'une baronne et sa vie va s'en trouver transformée.

Auteur de vingt-quatre romans achevés, de nombreux recueils de nouvelles, de poèmes, d'essais, d'articles et de scénarios, Giono, en marge de tous les mouvements littéraires du XXe siècle, a su allier une extrême facilité d'invention aux exigences d'une écriture toujours en quête de renouvellement. Cet extraordinaire conteur meurt en 1970.

Découvrez, lisez ou relisez les livres de Jean Giono :

LES ÂMES FORTES (Folio n° 249)

ANGELO (Folio n° 1457)

BATAILLES DANS LA MONTAGNE (Folio n° 624)

LE CHANT DU MONDE (Folio n° 872)

LA CHASSE AU BONHEUR (Folio n° 2222)

CŒURS, PASSIONS, CARACTÈRES (L'Imaginaire n° 398)

LE DÉSERTEUR ET AUTRES RÉCITS (Folio n° 1012)

DEUX CAVALIERS DE L'ORAGE (Folio n° 198)

L'EAU VIVE : RONDEUR DES JOURS (L'Imaginaire n° 316)

L'OISEAU BAGUÉ (L'Imaginaire n° 332)

ENNEMONDE ET AUTRES CARACTÈRES (Folio n° 456)

LA FEMME DU BOULANGER (n° 1079)

FRAGMENTS D'UN PARADIS (L'Imaginaire n° 20)

LE GRAND TROUPEAU (Folio n° 760)

LES GRANDS CHEMINS (Folio n° 311)

LE HUSSARD SUR LE TOIT (Folio n° 240 et Folio Plus n° 1)

L'IRIS DE SUSE (Folio n° 573)
MANOSQUE-DES-PLATEAUX (Folio n° 3045)
LE MOULIN DE POLOGNE (Folio n° 274 et Folio Plus n° 13)
NOÉ (Folio n° 365)
LE POIDS DU CIEL (Folio Essais n° 269)
PROVENCE (Folio n° 2721)
LES RÉCITS DE LA DEMI-BRIGADE (Folio n° 3351)
UN ROI SANS DIVERTISSEMENT (Folio n° 220)
SOLITUDE DE LA PITIÉ (Folio n° 330)
LES TERRASSES DE L'ÎLE D'ELBE (L'Imaginaire n° 340)
VOYAGE EN ITALIE (Folio n° 1143)
ARCADIE... ARCADIE, *précédé de* LA PIERRE (Folio 2 € n° 3623)
PRÉLUDE DE PAN ET AUTRES NOUVELLES (Folio 2 € n° 4277)

À l'aube du 5 août 1952, Gaston Dominici trouve le corps d'un homme assassiné à une centaine de mètres de sa ferme de la Grand-Terre à Lurs dans les Basses-Alpes (aujourd'hui Alpes-de-Haute-Provence). Arrivés sur les lieux, les gendarmes découvrent deux autres cadavres. Il s'agit d'un couple d'Anglais, Jack et Ann Drummond, tués par balles, et de leur petite fille de dix ans, Elizabeth, tuée à coups de crosse. Commence alors l'une des affaires judiciaires les plus mystérieuses du XXe siècle. L'enquête dure un an et demi et aboutit à l'emprisonnement et à la condamnation de Gaston Dominici.

Selon les gendarmes, les Drummond avaient décidé de camper à la belle étoile. Gaston Dominici aurait tué Jack Drummond, puis Ann qui s'était réveillée, avant de poursuivre la petite fille et de la frapper à mort.

Le 28 novembre 1954, Gaston Dominici est reconnu coupable et condamné à mort. Pourtant de nombreuses zones d'ombre demeurent ; l'enquête des gendarmes a été bâclée, des indices ont disparu, certains témoignages sont sujets à caution, les médias omniprésents ont influencé les enquêteurs. Le doute s'installe… En 1957, le président Coty commue sa peine en détention perpétuelle, puis le général de Gaulle le gracie et le libère en juillet 1960. En avril 2008, son petit-fils, Alain Dominici, a abandonné l'espoir d'une réhabilitation, après trois échecs de demande en révision.

Gaston Dominici est mort en 1965, en emportant dans sa tombe le secret de cette nuit d'août 1952.

Jean Giono, comme l'opinion publique et les journalistes, se passionne pour cette affaire. D'autant que le petit village de Lurs est à une vingtaine de kilomètres de Manosque. À la demande du directeur de l'hebdomadaire Arts, *il accepte de couvrir le procès. Les* Notes sur l'affaire Dominici *paraissent en quatre livraisons en décembre 1954. Elles paraîtront ensuite en volume, augmentées d'un* Essai sur le caractère des personnages *aux Éditions Gallimard en 1955.*

Notes sur l'affaire Dominici

Au moment où je classe ces notes prises pendant le déroulement du procès, c'est dimanche après-midi, le jury et la Cour sont en délibération dans la salle du conseil. Je n'aimerais pas être à leur place. Je suis bourrelé de scrupules et plein de doutes.

Si je fais le compte, il y a autant de preuves formelles qui démontrent la culpabilité de l'Accusé que de preuves formelles qui démontrent son innocence.

J'ai assisté au procès à une place qu'on m'a désignée et qui était de choix : juste derrière le Président. Je voyais très bien l'Accusé, à trois mètres de moi. J'ai vu, de face, et à la même distance, les témoins pendant qu'ils témoignaient. Je pouvais voir les visages de tous les jurés. J'ai regardé et écouté jusqu'à en être brisé de fatigue.

*

Le premier jour, pendant l'interrogatoire de l'Accusé, je ne le perds pas de vue. Je l'écoute répondre. Je note exactement ses réponses. À ce moment-là, il est tout à fait semblable à cent, à mille vieux paysans des hautes-terres (je veux dire des terres pauvres, car la ferme D… est une ferme pauvre, malgré le compte en banque de D… dont on dit qu'il est bien garni. On parle de 10 à 12 millions. Je n'ai pas vérifié. Nous reviendrons sur ces millions). Semblable dans ses réponses (l'Accusé) à cent, à mille vieux paysans que je connais. Je pourrais citer des noms. Dans la même situation (je ne parle pas de l'assassinat ; je veux dire : dans la situation d'être interrogés comme on interroge D…) ils auraient la même attitude, ils répondraient de la même voix, avec les mêmes mots.

*

Les mots. Nous sommes dans un procès de mots. Pour accuser, ici, il n'y a que des mots ; l'interprétation de mots placés les uns à côté des autres dans un certain ordre. Pour défendre également. Dès la première suspension d'audience, je dis à l'Avocat général Rozan ce que j'ai compris tout de suite (qu'il a compris aussi) : nous sommes dans un total malentendu de syntaxe. Je vais exagérer, mais nous sommes, dès le début, dans une situation si exceptionnelle qu'il est peut-être bon d'en voir certains aspects à la loupe. Je dis à l'Avocat général : « Il aurait été excellent que la première phrase du Président soit celle-ci : avant de commencer, nous allons d'abord nous entendre sur la valeur des mots et la place des pronoms dans le discours. » M. Rozan me fait la grâce de ne pas être très étonné par ce que je viens de lui dire. (Par la suite il sera tellement de mon avis qu'il en fera état dans de nombreuses interventions.)

Exemple (à la reprise d'audience, tout de suite après ma remarque) :

LE PRÉSIDENT, *s'adressant à l'Accusé*. — Êtes-vous allé au pont ? (Il s'agit du pont du chemin de fer.)

L'ACCUSÉ. — Allée ? Il n'y a pas d'allée, je le sais, *j'y suis été.*

Pour lui qui n'emploie jamais le verbe aller, pour dire : aller au pont, aller à la vigne, aller à la ville, il croit qu'il s'agit de substantifs : une *allée*, une *allée* d'arbres, une *allée* de vignes ; et il répond : il n'y a pas d'allée, je le sais, *j'y suis été.*

Or, comme il est surpris par la phrase du Président (combien anodine cependant, et j'ajoute que le Président ne pouvait pas s'exprimer autrement — moi-même si j'avais eu à formuler la question, je l'aurais faite de la même façon que lui) — comme il est surpris par la forme de la phrase, qu'il y a un mot qu'il ne comprend pas tout de suite, il hésite avant de répondre, il se trouble. On interprète ce trouble.

Entendons-nous : ce n'est pas de là que surgira une erreur judiciaire. Nous verrons cependant plus loin qu'en déplaçant un petit pronom, ou en mettant au pluriel ce qui est au singulier, on anéantit complètement une phrase accusatrice et terrible. Et je le répète : c'est un procès de mots ; il n'y a aucune preuve matérielle, dans un sens ou dans l'autre ; il n'y a que des *mots*. Mon souci n'est donc pas tout à fait superflu. D'ailleurs, ces erreurs de mots accusent parfois (on le verra) et très lourdement. Elles ne sont pas toutes en faveur de l'innocence.

*

Ces malentendus idiots irritent les deux parties qui ne s'entendent pas. Le Président dépense des trésors de patience.

*

On nous présente l'Accusé comme brutal, cruel même (on évoquera des faits qui ne prouvent pas la cruauté), sujet à de terribles accès de colère, solitaire. On ne fait pas assez attention à cet état de solitude. Or, le commissaire Sébeille a fait, dit-on, une enquête « psychologique ». Pourquoi faut-il que cette « enquête psychologique » éveille ma méfiance ?

En tout cas, l'accusation fait état et se sert beaucoup de ce caractère ainsi « dévoilé ». Or, l'Accusé avait soixante-seize ans le jour du crime, et, pendant soixante-seize ans, il n'a jamais exercé, ni sa brutalité, ni sa cruauté, et ses terribles accès de colère n'ont jamais marqué. À un point qu'on est obligé de relever contre lui qu'un jour il a jeté des pierres à son chien (*sic*).

Enfin, on tient un fait pour prouver sa brutalité.

Il a accouché sa femme lui-même, sans aide, neuf fois. « Non, répond-il en souriant : trois fois seulement. »

On le lui reproche.

« Nous étions loin de tout, répond-il. Fallait-il que je la laisse mourir ? »

Et il ne sourit plus.

Quelques répliques.

LE PRÉSIDENT. — Vous êtes excitable.

L'ACCUSÉ, *qui ne comprend pas tout à fait le mot.* — Je ne me suis jamais moqué de personne. Je n'aime pas qu'on se moque de moi.

LE PRÉSIDENT. — Vous êtes rude et primitif…

L'ACCUSÉ. — Comme je suis toujours.

LE PRÉSIDENT. — Coléreux...
L'ACCUSÉ. — En colère quand il le fallait.
LE PRÉSIDENT. — Susceptible...
L'ACCUSÉ. — Je ne vois rien là-dedans.
LE PRÉSIDENT. — Égoïste...
L'ACCUSÉ. — Égoïste ! Ce n'est pas vrai. La porte de la ferme était ouverte à tout le monde.
LE PRÉSIDENT. — Assez vantard.
L'ACCUSÉ. — Vantard ! Quand on me demandait : « Comment fais-tu ça ? » je disais : « Je fais comme ça. » Ah ! oui, c'est parce que je disais *moi*. Oui, je disais *moi* je fais comme ça.

(Ce qui prouve en effet qu'il est parfois très subtil. Mais, est-ce quand il *veut* l'être, ou simplement quand il *peut* l'être ? Ce qui, dans le dernier cas, prouverait une certaine franchise ?)

LE PRÉSIDENT. — Vous êtes très dur...
L'ACCUSÉ. — Je le suis encore.
LE PRÉSIDENT. — Indifférent à tout ce qui vous entourait...
L'ACCUSÉ. — C'était mon travail qui m'intéressait.
LE PRÉSIDENT. — Vous donniez des conseils.
L'ACCUSÉ. — Je les ai toujours écoutés.
LE PRÉSIDENT. — Vous étiez d'une ruse raffinée.
L'ACCUSÉ. — Quand on ne me roulait pas moi, je roulais les autres.

(A-t-il compris le mot « raffiné » ?)

LE PRÉSIDENT. — Vous étiez replié sur vous-même.

L'ACCUSÉ, *qui a très bien compris.* — J'étais bien obligé.

LE PRÉSIDENT. — Peu communicatif…

L'ACCUSÉ. — On était loin. Le travail avant tout.

(Loin ? Il veut dire loin de la société, loin du monde. Société qui le juge, et c'est juste, après ce crime monstrueux. Mais il n'est pas encore prouvé qu'il est le coupable. Loin du monde qu'il comprend à sa façon, c'est-à-dire qu'il ne comprend pas. Nous parlerons après du compte en banque, des 10 à 12 millions. Ce sera difficile d'en parler. Nous verrons que ces millions ne sont pas *du monde.*)

LE PRÉSIDENT. — Tournez-vous par ici. Regardez la Cour.

L'ACCUSÉ. — Je n'ai pas honte.

. . . .

LE PRÉSIDENT, *sur un détail infime de la vie de D…* — N'en parlons pas.

L'ACCUSÉ. — Pourquoi ?

LE PRÉSIDENT. — Vous avez pris sept lièvres au collet.

(On veut expliquer qu'il a pu sortir la nuit. C'est important pour l'accusation.)

L'ACCUSÉ. — Non, j'en ai pris cinq, pas plus.

....

LE PRÉSIDENT. — Gustave (un des fils, le premier accusateur), Gustave était renfermé.

L'ACCUSÉ. — Ça ne le rendait pas méchant.

LE PRÉSIDENT. — Gustave a dit : « J'en ai assez de mon père. »

L'ACCUSÉ. — Gustave a pris la ferme en 40. Il prenait tout le produit. Vous verrez ma femme, elle vous le dira.

LE PRÉSIDENT. — Vous restiez toujours le maître.

L'ACCUSÉ. — Non, je ne lui demandais rien.

....

LE PRÉSIDENT. — Étiez-vous réservé en galanterie féminine ?

L'ACCUSÉ. — Quoi ?

LE PRÉSIDENT. — Enfin, avec les femmes, comment étiez-vous ?

L'ACCUSÉ. — J'avais la mienne.

LE PRÉSIDENT. — Elle vous suffisait ?

L'ACCUSÉ. — Je comprends !

....

L'ACCUSÉ, *surpris et* sincèrement *surpris.* — Alors, monsieur le Président, vous me croyez coupable ?

LE PRÉSIDENT *fait une phrase que je n'ai pas notée pour dire qu'il n'a pas à croire ou à ne pas croire.*

L'ACCUSÉ. — Mais vous me le faites bien comprendre.

. . . .

Le Président est en train de parler des aveux. L'Accusé a l'air de se désintéresser du débat. Le Président lui dit de faire attention.

L'ACCUSÉ. — Je vous écoute, monsieur le Président, dites toujours.

Le Président parle de l'accusation portée par les fils et ajoute : « Si ces accusations étaient fausses, ce serait ignoble. »

L'ACCUSÉ. — Vous pouvez le dire !

. . . .

LE PRÉSIDENT. — Vous êtes sorti, vous vous êtes effrayé. (Il s'agit de la nuit du crime.)

L'ACCUSÉ. — Comment, je me suis effrayé ?

Le Président lui demande de s'expliquer.

L'ACCUSÉ. — Vous m'en demandez trop, monsieur le Président.

Le Président suggère des explications.

L'ACCUSÉ. — Vous pouvez dire tout ce que vous voulez, monsieur le Président, moi je ne sais pas, j'étais couché.

Ici, une ruse extrêmement subtile du Président. Il mélange avec une adresse diabolique le crime et la reconstitution du crime. D'après les experts en balistique, quand les coups de feu ont été tirés sur Lady Drummond, elle était debout ou couchée (c'est-à-dire ni à genoux, ni courbée). Le Président et l'Accusé sont en train de parler de la reconstitution du crime et de la place qu'occupait le policier *qui jouait le rôle* de la femme. Ce policier était couché. Brusquement, le Président demande : « La femme était-elle debout ou couchée ? »

Toute la salle et moi-même avons le souffle coupé.

L'ACCUSÉ. — C'est moi qui étais couché.

Il n'ajoute même pas : « Dans ma chambre », il l'a déjà dit.

On est tenté d'applaudir cette réplique de théâtre. Au moment où l'Accusé a répondu, tous mes sens étaient en éveil et j'avais les yeux fixés sur son visage. Je n'ai rien vu de rusé. Je n'ai rien senti de faux. Il y a eu cependant une seconde de retard dans l'envoi de la réponse. Et il a ajouté deux secondes après sa réponse : « Demandez à l'assassin. » Mais cet ajouté était faux.

....

Le dialogue se poursuit.

Sur une conversation que l'Accusé a eue avec Yvette :

L'ACCUSÉ. — Je lui ai parlé comme je vous parle à vous.

LE PRÉSIDENT. — Vous jugiez très sévèrement les autres.

L'ACCUSÉ. — Oh ! non, et, ma foi, je ne vois pas…

(Il a l'air de dire : « Je ne vois pas pourquoi je m'en serais privé. »)

LE PRÉSIDENT. — Vous avez une mémoire fidèle.

L'ACCUSÉ. — Oui, elle est bonne. (Lui qui, pour les aveux, va répéter inlassablement : « Je ne me souviens pas. »)

LE PRÉSIDENT. — Vous étiez bricoleur.

(À mon avis, le mot est petit pour désigner l'habileté manuelle que doit avoir tout paysan solitaire. Il s'agit ici de faire comprendre aux jurés que l'Accusé a fort bien pu arranger la carabine dont le canon était maintenu contre le fût par un anneau de plaque à vélo.)

L'ACCUSÉ. — Bien obligé.

LE PRÉSIDENT. — Vos enfants étaient sous votre coupe et croyaient ce que vous disiez. Ne voyaient que par vous.

L'ACCUSÉ. — Comment, que par moi ?

(Il n'a pas très bien compris la phrase. C'est le mot « coupe » qu'il ne comprend pas.)

LE PRÉSIDENT. — Vous étiez très sévère.

L'ACCUSÉ. — Oui. Alors, si un père n'est pas sévère, qui le sera ? Et qu'est-ce qui va arriver ?

....

L'Accusé raconte comment il a séparé deux ivrognes. « C'est la première fois que j'ai donné une gifle à un homme. »

....

On fait état d'un « rapport » sur la psychologie des Dominici qu'on a demandé à l'institutrice de Gustave D... C'est exactement un rapport *étroit*, une rédaction d'École normale d'instituteurs et une bonne rédaction. Mme Musy (l'institutrice) est-elle la veuve du conseiller général tué chez lui, à Peyruis, à la Libération ? (Cinq à six kilomètres de la Grand-Terre à Peyruis.)

L'ACCUSÉ, *répondant aux dires du rapport*. — Je vais vous dire. Cette femme était sourde. Les enfants se moquaient d'elle. Je les ai grondés.

....

LE PRÉSIDENT. — Vous ne laissez rien apparaître de vos émotions.

L'ACCUSÉ. — Pour quoi faire ?

LE PRÉSIDENT. — Les psychiatres disent que vous êtes normal.

L'ACCUSÉ. — Diable ! Je ne suis pas fou, non !

. . . .

LE PRÉSIDENT, *un peu énervé. Il le sera rarement.* — Laissez-moi parler.

L'ACCUSÉ. — Laissez-moi parler moi-même. Je ne veux pas passer pour un autre. Monsieur le Président, si on vous prenait comme on m'a pris, nous verrions ce que vous feriez. J'écoute ce que vous « disez », vous devez écouter ce que je dis.

*

Mais il répète trop souvent : « Je suis franc z'et loyal. » « Je suis un bon Français. » Tout cela est horriblement faux. Faux également les appels au peuple : « devant le peuple ici assemblé ». Ce ne sont pas non plus des « mots soufflés ». Ce sont des « mots *nouveaux* ». Ce sont des mines fort dangereuses qui éclatent même sous les pas de la Défense. Si on s'était demandé cependant pourquoi il répète à tout bout de champ cette phrase si insolite : « Je suis un bon Français » ; si on lui avait demandé pourquoi il insistait tant, nous serions peut-être entrés dans une des chambres secrètes de ce drame. Cette phrase-là, je ne l'ai *jamais* entendue prononcer par un paysan de notre région. *Jamais.* Que vient-elle faire ici ? À plusieurs reprises dans ce drame, des corridors obscurs nous ramèneront devant la porte verrouillée à triple verrou de cette chambre secrète.

*

Il a de la noblesse d'attitude. Les femmes disent qu'il est beau ; c'est vrai. C'est un roi barbare. Je ne me laisse pas impressionner par ce roi barbare. J'en ai vu d'autres. Je suis à côté de Salacrou qui s'engage. Je lui conseille la prudence.

*

Je ne perds pas de vue l'Accusé, à un point qu'il le sent et jette vers moi des coups d'œil furtifs. Ne cherchons pas la vérité dans les apparences. Son regard est froid et perçant ; gênant ; sans noblesse, celui-là. Mais je considère que cet homme est dans une situation exceptionnelle, qu'il a besoin de tous ses moyens. Et c'est pour ne pas le gêner, lui, que je change de place, que je m'éloigne un peu.

Il a demandé à ses gardes qui était cet homme derrière le Président. C'était moi. On le lui dit. Il s'étonne.

« Ce Monsieur s'est dérangé ! » (Sous-entendu : pour si peu de choses ! Mais, dans ce sous-entendu, il ne voulait pas parler du crime ; il voulait dire « pour si peu que je suis ».)

*

Car, le crime, ce crime dans lequel il y a un moment impensable — et c'est quand l'assassin fracasse le crâne de la petite fille d'un coup ou de deux coups de crosse (nous allons revenir longuement sur ce coup ou ces deux coups car, ici, à l'audience, on n'a pas insisté du tout), ce crime a l'air de laisser l'Accusé non pas indifférent mais *lointain*.

Il se défend par contre mordicus quand on insinue qu'il braconnait. Il explique, en détail, tous les soucis qu'il avait à cause de l'éboulement sur la voie ferrée. Soucis qu'il avait, qu'il a encore. C'est, à son avis, la chose principale dont on l'accuse (ainsi que de braconnage). Et de ces accusations, il tient à se laver. Il fait remarquer que l'éboulement était une chose grave (ce qui ne veut pas dire que l'éboulement était important en mètres cubes, mais que là, à cause de cet éboulement, il risquait une amende de tant par minutes de retard, si la micheline qui passe sur la voie avait eu du retard. Il a ajouté dans un procès-verbal : « Si je ne m'étais pas soucié de l'éboulement, ce n'est pas trois morts qu'il y aurait eus ; il risquait d'y en avoir bien plus. » Il n'a pas dit ça dans ces termes ; on a rédigé sa réponse pour le procès-verbal. Mais il a dit quelque chose d'approchant. Ce « quelque chose d'approchant » il faudra se le répéter pour toutes ses paroles inscrites dans les procès-verbaux, et notamment pour ses aveux).

*

Comme j'en suis là de la rédaction de mes notes, on me téléphone de Digne que l'Accusé vient d'être condamné à mort. Je n'ai pas écouté les réquisitoires (il y en avait deux) ; je n'ai pas écouté la partie civile (je m'en excuse) ; je n'ai pas écouté les plaidoiries. Je n'ai pas attendu à Digne le verdict. La mort était dans le dossier. Je ne rédige ces notes que par scrupule, je continue donc la rédaction, sans souci de l'actualité.

*

L'Accusé (parlant de ses aveux) : « Ce que j'ai dit, je l'ai dit et je ne l'ai pas fait. »
Au sujet des aveux, il n'aura jamais plus ce bonheur d'expression. Il se bornera désormais

à dire : « Ce n'est pas vrai » ou « Si j'avais eu un avocat, je n'aurais pas passé le tourment que j'ai passé. » « Je me suis laissé faire parce que j'étais esquinté. » Il aura même la naïveté de parler de *café drogué*. Rien ne sonne juste. Rien, sauf la première phrase : « Ce que j'ai dit, je l'ai dit, je ne l'ai pas fait. »

*

Il se défend mordicus d'être un braconnier. À ceux qui l'en accusent (qui en parlent simplement) il renvoie la balle avec aigreur. On sent qu'il est sur son terrain. Quand il invectivera son fils Clovis, sa plus grosse injure (à part salaud, mais c'est un mot qui nous serait également venu aux lèvres) c'est : « Braconnier de jour et de nuit ! » Et cette formule est bien de lui. C'est son reproche majeur. Quand il a dit de son petit-fils Roger Perrin : « C'est un rouleur » et que le Président lui demande de préciser sa pensée il ajoute : « Il posait des collets sur tous les terrains. »... Sans le souci de rendre la justice dans un laps de temps donné (et pas trop long, ce souci était évident) j'aurais aimé le voir s'exprimer longuement sur le braconnier *de jour et de nuit*. Clovis est le fils qui ne démord pas de ses accusations. Puisque les policiers ont fait de la psychologie, je m'essayerai à en faire un peu, moi aussi, tout à l'heure au sujet de Clovis, quand il viendra à la barre des témoins et que je le verrai en face.

*

Chez ces paysans solitaires, pauvres et chasseurs, l'accusation de braconnage est terrible et d'ailleurs le délit est tarifé. Tarifé par la loi de la société, tarifé par la loi naturelle. Il y a des crimes dont le mobile est le braconnage. Je ne veux pas parler du crime que l'on juge maintenant ; ce serait ridicule ; personne n'y pense. Des chasseurs qui se croient honnêtes tuent parfois des chasseurs malhonnêtes et, ce faisant, croient accomplir un acte de justice. J'insiste pour bien montrer que le braconnage chez des solitaires, pauvres et chasseurs, n'est pas une petite affaire. J'ai répété le mot pauvre exprès. Je pense au compte en banque de D... dont on dit qu'il est de 10 à 12 millions. Si c'est vrai, ces 10 à 12 millions ne sont pas sortis de la Grand-Terre. J'ai un fermier ; je connais cent fermiers. Leurs fermes sont en bonnes terres, dix fois plus grandes que la Grand-Terre (dite grande parce que c'est une des *rares* fermes arables d'un territoire qui ne comporte que maquis, landes, bois touffus et limons de la Durance). Aucun des fermiers que je connais n'a pu gagner et économiser 10 à 12 millions. Il est prouvé par les procès-verbaux que la Grand-Terre est une petite terre puisque Gustave était en pourparlers pour louer des champs et les cultiver en même temps qu'il cultivait les siens. Pourquoi ne pas parler du compte en banque de Gaston D… ? Et même du compte en banque et de l'état de propriétés et de la fortune de pas mal de gens mêlés de près ou de loin à cette affaire ? Sans tenir compte de leur aspect extérieur sordide. Car il est sordide. J'aimerais être fixé sur le point. À mon avis, il est important. Comment peut-on avoir 10 à 12 millions (si D… les a) et garder un raisonnement de pauvre (si on les a gagnés et économisés, ce qui donne de l'orgueil) ? Comment les témoins peuvent-ils être riches sans le paraître et sans en avoir de l'orgueil ? Dans l'hypothèse (gratuite) qu'ils ont également de gros comptes en banque.

*

Car, on a parlé de « mur du silence ». Ce mur n'existe pas dans la région. La formule est heureuse mais le fait n'existe pas. N'existait pas. J'ai soixante ans. En quarante ans, je ne l'ai jamais rencontré. Qui a bâti ce mur ? Qui l'a rendu inébranlable ? Le crime ? Il n'explique rien. Au contraire. Le crime a toujours été dénoncé, et immédiatement. C'est un mur *nouveau*, comme les mots de l'Accusé quand il en appelle au « peuple rassemblé dans cette salle ». Le crime ? Mais, j'ai toujours vu, jusqu'ici, qu'on en ait une terreur sans nom. Un homme tué compte. Comptait.

*

Maximilien Vox qui est à côté de moi fait une remarque juste : « Pour le braconnage, comme pour l'éboulement sur la voie ferrée, il y a des tarifs de condamnations et d'amendes ; on sait ce qu'on risque. Ça c'est grave. Pour l'assassinat... »

Tout ce qui précède n'est qu'hypothèse. Nous cherchons à nous expliquer des faits troublants puisque nous ne pouvons pas nous empêcher de les trouver troublants et qu'on ne nous les explique pas. Nous devons nous tromper. Mais rien n'est clair ; on étouffe ; des hommes normaux respirent mal ici. Nous aimerions ouvrir toutes les portes.

L'Accusé parle de la « nuit terrible ». Ce n'est pas la nuit du crime qui, dans son esprit, mérite cette épithète : c'est la nuit de l'interrogatoire. Or, il est prouvé, archi-prouvé, et toutes les précautions ont été prises, pour que nous n'ayons à ce sujet aucun doute : l'interrogatoire de Gaston D… a été fait en douceur, sans la moindre brutalité. Le fait d'avoir résisté à un aveu suffit peut-être à la rendre *terrible*. Les témoignages disent qu'après avoir avoué, Gaston D… semblait débarrassé et paisible. Cela paraît clair. Ne l'est pas tout à fait dès qu'on réfléchit. Témoignages de qui ? Ceux qui en témoignent ne me semblent pas de taille à interpréter un fait. Et ils interprètent.

*

Moi aussi j'interprète, d'ailleurs, et je suis très loin d'être de taille à le faire comme il le faudrait. J'assiste à un drame et je n'y suis pas insensible.

*

Le Président dit à haute voix la phrase immonde que l'Accusé a prononcée le soir des aveux, en parlant des soi-disant rapports sexuels avec Lady Drummond. Nous recevons un paquet de boue en plein visage. L'Accusé balbutie.

« Avez-vous prononcé ces paroles ?

— Je ne sais pas, j'étais fou. »

Non, je ne crois pas qu'il ait été fou à ce moment-là. S'il avait été fou, il n'aurait pas maintenant l'air qu'il a : l'air d'être descendu de son trône, honteux d'être surpris sans noblesse, comme on le serait d'être surpris sans culotte. Il est manifestement coupable d'avoir dit ça. Cette culpabilité se lit sur son visage. Celle-là seule.

La phrase fait une très grosse impression sur tout le monde : public, jurés ; je me suis machinalement essuyé le visage. Je ne peux même plus regarder le Président qui n'a fait que répéter.

Pour la première fois, l'Accusé cesse d'être monolithique et tourne sur lui-même comme une toupie. Si on le juge à cet instant précis, c'est la mort. Ce n'est même pas simplement la mort : il est voué aux supplices chinois. On a envie de le gifler, puis de le détruire et de jouir de sa destruction.

(Pour voir clair, je vais juxtaposer ici deux notes prises à deux moments du procès. Celle qui précède est du premier jour ; celle qui suit est du cinquième ; quatre jours entre les deux.)

On interroge les agents de police à qui l'Accusé a fait les aveux.

UN AGENT. — Je l'ai orienté sur le terrain de la paillardise. « Est-ce que ce n'est pas une histoire de fesse ? » J'ai compris que j'avais mis en mouvement un mécanisme (inutile de préciser, je pense, que toutes les phrases que je cite sont exactes, mot à mot, et notées à l'audience. Je ne me reconnais pas le droit d'en changer une lettre).

Le Président qui n'a pas l'air d'être très satisfait de ce mécanisme demande des explications et notamment si l'Accusé répondait volontiers, si ses réponses suivaient normalement les questions, autrement dit, si la conversation était naturelle.

L'AGENT. — Il ne répondait pas tout de suite. Je posais une question, il y avait un silence, puis il répondait. Je posais une autre question ; il y avait encore un silence.

LE PRÉSIDENT. — La conversation a donc eu lieu de la façon suivante, si je comprends bien : question, silence, réponse ; question, silence, réponse…

L'AGENT. — Oui, monsieur le Président.

Orienté sur le terrain de la paillardise ! C'est moi qui répète et qui me demande avec quels mots, sans doute également ignobles, était organisée cette orientation.

*

Le docteur Boudouresque, cité par la Défense, ne peut pas, dans sa scrupuleuse honnêteté, ne pas accabler l'Accusé. Après dix-huit heures d'interrogatoire, même « en douceur », cet homme n'est plus capable *d'inventer*, dit-il. On en déduit donc que les aveux ne sont pas *inventés*. Nous allons y revenir, mais d'abord, le docteur Boudouresque, interrogé par un de mes amis, dans les couloirs, après sa déposition et au sujet de l'immonde phrase, a dit, paraît-il, que c'était une manifestation onirique. Il ne l'a pas dit à la barre parce que la question ne lui a pas été posée.

*

La Cour a le souci évident de ne pas s'écarter du dossier. Ce souci est, paraît-il, un devoir.

*

Il y a un fait : l'Accusé a avoué. Il a avoué quatre fois. La Défense nous dit qu'il s'est désavoué quatre fois. Chaque aveu a été suivi d'un désaveu. Il est archi-prouvé qu'on n'a pas obtenu ces aveux par la violence. L'Accusé a été interrogé au palais de justice de Digne, sous le contrôle permanent de magistrats d'une probité à toute épreuve et d'une conscience très sensible. Cette succession comme désinvolte d'aveux et de désaveux est inexplicable. Je ne peux me l'expliquer que par ce que j'ai vu et constaté à l'audience.

On interroge le petit Perrin : c'est le petit-fils de l'Accusé, celui sur lequel l'Accusé a laissé peser quelques soupçons ; celui dont il dit : « C'est un rouleur, il pose des collets sur tous les terrains. »

Les journaux ont déjà proclamé que ce petit Perrin est un menteur. Mais il faut avoir eu ce menteur face à face pour savoir à quel point il l'est. Il l'est à un point qui n'est plus humain. Il ne dit *jamais* la vérité. Et, ici, jamais c'est jamais. On est littéralement suffoqué, hors du monde, on ne sait où. Il est impossible d'imaginer qu'un être vivant de cet ordre puisse vivre. Il est impossible d'imaginer un être semblable. Je pèse mes mots. Je ne me laisse emporter par aucun lyrisme.

Ce petit Perrin a le visage candide et clair. Sa monstruosité n'apparaît que dans le mouvement de sa pomme d'Adam, pendant que ses yeux purs vous regardent fixement. Il a vingt ans. Après le crime, il a quitté la ferme où il habite avec ses parents, à côté de la Grand-Terre et il est allé à Château-Arnoux, à quinze kilomètres, se faire apprenti boucher.

On lui demande ce qu'il a fait la veille du crime, la nuit du crime, et le lendemain.

Commence un récit. Je ne l'ai pas noté. J'étais hypnotisé.

Il parle donc devant la Cour, les jurés, le public, devant son grand-père accusé de meurtre. Tout est mensonge. Et mensonge bête. Il dit être allé acheter du lait chez un laitier qui était mort depuis six mois. Il dit que sa mère est sortie. On sait qu'elle n'est pas sortie. Il dit être allé arroser des haricots : il a arrosé autre chose (c'est aussi bête que ça). Il dit qu'il a parlé à un tel : un tel donne les meilleures raisons du monde et prouve qu'il n'était pas là. Il dit que son oncle *avait l'habitude* de corner trois fois quand il passait à moto devant la ferme Perrin : ce n'est pas vrai. On le confronte avec ses dires précédents, avec sa mère, avec tout le monde, et on lui demande : et alors ?

« J'ai menti.

— Pourquoi ?

— Je ne sais pas. »

On l'adjure de dire la vérité.

« Je vais la dire », dit-il.

Commence un autre récit, en remplacement du premier. C'est un nouveau mensonge. On s'exclame.

« J'ai encore menti.

— Pourquoi ?

— Je ne sais pas. »

Il est terrorisé et il rit. La terreur le rend transparent. Il n'a plus une goutte de sang dans les joues et il rit. Son rire n'est ni maladif ni nerveux. C'est un rire conscient, ironique et léger.

Le Président se fait paternel, se penche paternellement sur « ce cas ».

« Oui, dit Perrin, cette fois je vais dire la vérité. »

Et de nouveau c'est un mensonge.

Le Président demande à l'Accusé s'il continue à avoir des doutes sur la culpabilité de Perrin (son petit-fils).

L'ACCUSÉ. — Eh ! oui, monsieur le Président. Il faut bien qu'il y ait quelque chose comme ça. Pourquoi un fils accuserait son père ? Je le comprends comme ça.

Gustave (le fils accusateur qui s'est rétracté et qui va encore se rétracter à l'audience), Gustave a, dit-on, à la barre, une très grande affection pour Perrin, son neveu. De nouveau, on parle de braconnage. Gustave apprend à Perrin à braconner ; ils sortent souvent ensemble la nuit.

Le Président renvoie Perrin gentiment et suspend l'audience.

La Défense bondit (naturellement et tout le monde l'approuve). Non, non, dit-elle en substance, on n'en a pas fini avec ce « témoin »-là. On ne peut pas lui permettre d'aller rejoindre les autres témoins de la famille ; il faut le garder ici (ou poursuivre l'audience, se dit-on).

LE PRÉSIDENT. — Je ne peux pas séquestrer un témoin.

L'AVOCAT. — Alors, enjoignez-lui de ne pas quitter la salle pendant la suspension d'audience.

C'est ce que fait le Président.

Suspension d'audience. Brouhaha. Tout le monde se lève, se déplace. Je parle avec l'Avocat général Rozan. Le petit Perrin est assis à la barre, sur la chaise destinée aux témoins, à côté des cinq C.R.S., arme au pied. Je le regarde. Toujours double ; terreur et rire. Je le perds de vue un instant. Quand je veux le regarder de nouveau, il n'est plus là. Il a filé. Il a promis de rester et il est parti. Je le signale à Rozan. Des gardes se précipitent dans le couloir, le retrouvent (il s'en allait), le ramènent et finalement le surveillent.

Ce n'est pas pour parler de Perrin que je viens de placer ici cette longue note : c'est pour attirer l'attention sur son tempérament qui est incapable de s'attacher à la vérité. J'ai l'impression qu'il ne voit pas la vérité, qu'elle ne marque pas en lui et que, obligé de parler, il est obligé d'inventer, c'est-à-dire de mentir. Car, pourquoi dire qu'il est allé acheter du lait (par exemple) à un laitier mort depuis six mois ? Pourquoi dire que son oncle *a l'habitude* de klaxonner trois fois quand son oncle n'a pas d'habitude et que tous ces détails sont sans aucune importance ? etc. Mensonges qui n'ont de sens que s'il est incapable de savoir ce que c'est que la vérité, incapable d'en faire un usage normal.

Ce tempérament est le tempérament de Gustave qui ment, de Clovis, de toute la famille.

Pourquoi ne serait-ce pas également le tempérament de l'Accusé qui est le père de tout ce monde ?

On n'a pas brutalisé Gaston quand il a avoué. Ce qui m'inquiète, c'est le soin qu'on a pris pour le prouver de façon irréfutable. On dirait qu'on savait qu'il allait avouer, qu'on savait qu'il désavouerait, qu'il allait y avoir cet enchaînement idiot de plusieurs aveux et de plusieurs désaveux (quatre, d'après ce que j'ai compris), ou bien prenait-on ces précautions pour tout autre chose ? Je n'oublie pas que les Dominici ont tenu victorieusement la police en échec pendant quinze mois. Je trouve étrange que les méthodes douces aient commencé aux Dominici. Interroge-t-on *doucement* depuis ? Ou était-ce exceptionnel ? Et, si c'est exceptionnel (ce que je crois), pourquoi ? Pourquoi quinze mois, et pourquoi la douceur, pourquoi dans ce cas *unique* ?

On dit (à la barre) qu'à la reconstitution du crime, Gaston s'est placé à l'endroit précis où était le meurtrier. Connaît-on cet endroit précis ? L'expert en balistique ne sait même pas si Lady Drummond était debout ou couchée quand elle a reçu les balles qui l'ont tuée. Selon qu'elle était debout ou couchée, il y a au moins deux endroits, non plus précis, mais probables. Et il y a le meurtre d'Elizabeth, le plus atroce.

*

(Dit à la barre) pour ce meurtre d'Elizabeth. À la reconstitution du crime, l'Accusé a dit à un policier : « Cours », indiquant ainsi, par conséquent, que la petite fille a couru devant l'assassin ; si cette reconstitution est bien la reconstitution des gestes exacts de la nuit du crime. Or, rien n'est moins prouvé qu'elle a couru jusqu'à l'endroit où l'on a trouvé son cadavre ; et vraisemblablement on l'y a porté.

Cette partie de reconstitution apparaît donc fausse.

*

Docteur Dragon. Le type parfait du vieux médecin de campagne. On lui reproche d'être vieux et d'être médecin de campagne. Mais, c'est lui qui a vu les cadavres, le matin de la découverte du crime.

LE DOCTEUR D... — J'ai examiné le cadavre de la petite Elizabeth. Elle était allongée comme un enfant qui dort ; ses cheveux lui masquaient une partie du visage. En relevant ses cheveux, j'ai vu deux plaies partant du haut du nez et montant en oblique, une à droite, l'autre à gauche. Elles ne saignaient pas abondamment. Comme il est logique pour ces fractures du crâne, le sang suintait de ses oreilles et de ses narines. À la palpation, le crâne était sous ma main comme *un sac de noix*. (Il ajoute, pour se défendre de toute métaphore) : « C'est une expression technique. » Le corps ne portait aucune trace de violence. Les pieds étaient nus...

(On n'a jamais retrouvé ni les souliers, ni les pantoufles de la petite fille. Que sont-ils devenus ? Existe-t-il une hypothèse qui explique cette disparition ? On en a juste dit un mot au procès.)

Les pieds étaient nus et la plante des pieds ne portait pas la moindre trace d'excoriation quelconque ; aucune trace pouvant être produite par la course pieds nus, sur des graviers.

....

La rigidité cadavérique était totale chez Sir Jack Drummond et chez sa femme. Par contre, elle était nulle pour la petite fille. Le cadavre était mou. J'ai pu manipuler très facilement ses bras et ses jambes.

LE PRÉSIDENT. — Que concluez-vous ?

LE DOCTEUR D... — Qu'elle est morte la dernière. Je persiste à le dire. Elle a rendu le dernier soupir au moins deux ou trois heures après ses parents.

....

La position des blessures sur le front, au-dessus des arcades sourcilières me prouve que l'enfant *ne pouvait pas être agenouillée devant son meurtrier.* Il l'eût alors atteinte sur le sommet de la tête. Il faut, de toute nécessité, qu'elle ait été frappée *alors qu'elle était couchée sur le dos.*

(On ne peut imaginer l'enfant fuyant, *puis se couchant* avant d'être frappée.)

LE PRÉSIDENT. — Vous pensez donc que ce n'est pas forcément sur le lieu où elle a été découverte qu'elle a été tuée ?

LE DOCTEUR D... — J'estime que la petite n'a pas dû courir, vu la propreté et le manque absolu d'ecchymoses à ses pieds, ou même simplement de « gravure » faite par les graviers du chemin, car c'est du silex. Le 11 novembre 1952, M. le juge Périès m'a demandé de préciser à quel endroit était le cadavre de la fillette. Je lui ai encore fait part de ma remarque au sujet de la propreté des pieds. Puis, j'en ai parlé à

M. Sébeille, mais il m'a dit qu'une expérience a été faite avec un enfant et que, là non plus on n'avait relevé ni poussière, ni traumatisme, ni « gravure ». Je n'en ai donc plus parlé, tout en me demandant si la petite fille de l'expérience avait couru de la même façon et dans le même état d'esprit que la petite Elizabeth…

(Cette expérience n'a pas dû donner suffisamment de preuves à la police, puisque le commissaire Sébeille n'en fera pas état dans sa déclaration à la barre, mais il prétendra, par contre, que la petite Elizabeth portait des « gravures » et des traces de poussière sous la plante des pieds. Contradiction avec le docteur Dragon. Le Président ne la souligne pas. Il a l'air d'être très satisfait de cette déclaration qui contredit le docteur Dragon.)

« À moins que la petite Elizabeth ait couru sur la route et non sur le gravier, en direction du pont. (Dans ce cas-là), elle aurait couru *vers la ferme*. Et, si nous interprétons, nous pouvons dire : elle a couru vers la ferme pour s'y réfugier. Mais, n'interprétons pas. »

LE PRÉSIDENT ET L'AVOCAT GÉNÉRAL. — Mais il y avait de l'herbe sur le chemin.

LE DOCTEUR D… — Oui, de l'herbe d'ici, et du mois d'août : du thym, des chardons, du carthame plein d'épines. Même en sandale, on risque l'écorchure.

LA DÉFENSE. — Vous avez examiné cette enfant à quelle heure ?

LE DOCTEUR D… — À 9 h 15. Elle a dû mourir au moins trois heures après ses parents.

LE PRÉSIDENT. — Donc, la petite serait morte vers 4 heures du matin ?

LE DOCTEUR D… — Trois heures après les parents, au moins.

LA DÉFENSE. — Entre la dernière blessure et la mort, combien a-t-il pu s'écouler de temps ?

LE DOCTEUR D… — Les deux blessures étaient mortelles, mais elle n'a pu survivre à la dernière. Cela a été foudroyant.

LA DÉFENSE. — Vous êtes formel ?

LE DOCTEUR D… — Oui.

Or, Gustave déclare avoir vu cette enfant *vivante* ; qu'elle a bougé le bras quand il l'a vue. Et c'est ce qui a motivé sa condamnation, en novembre 1952, pour non-assistance à personne en danger de mort.

L'a-t-il vue avant ou après le deuxième coup de crosse ?

Par contre, cette déclaration détruit toute la partie de la reconstitution du crime qui a trait au meurtre de la petite fille, puisque Gaston D… dit : « Cours ! » au policier qui représente Elizabeth et que, le policier s'étant mis à courir, Gaston D… le poursuit. Et que cette poursuite n'a pas eu lieu, *en réalité*.

Ce témoignage déplaît souverainement au Dossier. Pour contredire le vieux médecin de campagne (on insiste sur *vieux* et sur *médecin de campagne*) on fait intervenir une *personnalité*, quelqu'un qui compte dans les Basses-Alpes. On demande si le docteur Jouve est dans la salle. Il y est. Il vient à la barre.

Le docteur J..., chirurgien de grand renom à Digne, est un homme honnête, intelligent, estimé et respecté de tout le monde. Chacun peut se dire : moi ou un membre quelconque de ma famille pouvons être appelé, un jour ou l'autre ou avons été déjà appelé à être opéré.

LE DOCTEUR J... — Je n'ai pas vu les cadavres. Je ne peux parler que par analogie.

(Cela me paraît, à moi, suffisant et définitif. Qu'il s'en aille. La Cour veut qu'il reste.)

Il parle de deux cas de fracture du crâne *tout à fait semblables* (Qu'en sait-il ? Il n'a pas vu les cadavres...) à celles auxquelles a succombé la petite Elizabeth. Dans chacun des cas, dit-il, la survie a été de quatre heures (et non pas mort foudroyante, comme l'a déclaré le docteur Dragon). Mais, dans un des cas, récent, il s'agit d'un homme.

(En ce qui concerne Elizabeth, il s'agit d'une enfant de dix ans.)

Le docteur J... a dû prévoir qu'on penserait à ce que je viens de mettre entre parenthèses, car il ajoute aussitôt que la *rigor mortis* ne s'empare que lentement des enfants. La rigidité cadavérique pouvait raidir Sir Jack Drummond et sa femme et laisser Elizabeth toute molle, quoique morte à la même heure.

(Quant à moi, je ne peux que dire amen. Le vieux médecin de campagne s'est retiré avant l'entrée en scène du docteur J... Il ne revient pas pour le contredire. D'ailleurs, *on ne le voit pas*, le contredisant.)

Le Dossier est satisfait. Désormais, on ne tiendra plus compte que de l'opinion du docteur J... Les déclarations du docteur Dragon qui, lui, a vu les corps, et bien ceux dont il s'agit ici à ce procès, seront considérées comme manifestations de « vieille médecine de campagne ».

Le vieux médecin de campagne (et si j'insiste sur cette appellation, c'est qu'on y a insisté) a toutefois mécontenté le dossier encore une fois.

LE DOCTEUR DRAGON. — Il n'y avait pas de sang sous le corps de Lady Ann. Par contre, de l'autre côté de la voiture, derrière un petit puisard d'arrosage, et entre ce puisard et les buissons, j'ai relevé une grosse mare de sang. Elle avait imprégné la terre sur trois centimètres de profondeur.

C'est la seule et unique fois où l'on parlera de cette mare de sang. Dit et oublié aussitôt. On n'en parle plus. Le Dossier n'a pas d'oreilles, il n'a même pas d'intelligence. Il ne contient que des procès-verbaux.

Car, à la reconstitution du crime, Gaston ni *personne* n'a pensé au puisard. Tous les gestes que Gaston « *reconstitue* », il les reconstitue loin du puisard. D'après les gestes qu'il fait, personne n'est allé saigner à mort derrière le puisard : donc, inutile de se soucier de cette mare de sang, qui a cependant imprégné la terre sur trois centimètres de profondeur.

L'expert en balistique. Net, clair, précis. Un modèle de témoignage. Si tous les témoignages étaient de cette qualité… (Nous en aurons un autre semblable : celui du capitaine de gendarmerie Albert, de Forcalquier.)

L'expert a analysé la graisse qui graissait la carabine Rock-Ola, l'arme du crime. Le juge d'instruction Périès, en même temps que cette arme du crime, avait confié à l'expert différentes armes de chasse saisies chez Gustave et Clovis D… et chez Paul Maillet, ainsi que trois carabines américaines que des paysans avaient apportées aux enquêteurs. La question posée à l'expert était la suivante : savoir si l'arme du crime qui portait des substances grasses avait pu être graissée avec la même matière que l'une quelconque de ces armes.

L'EXPERT. — Deux parmi les armes qui m'avaient été présentées et dont le propriétaire était Clovis Dominici avaient été graissées avec une matière présentant des propriétés identiques aux traces relevées sur la carabine Rock-Ola.

(Le Dossier est aux aguets.)

LE PRÉSIDENT. — Voulez-vous dire qu'il s'agit d'une même graisse ou d'une graisse identique ?

L'EXPERT. — Dire que des substances sont semblables ne signifie pas qu'il s'agisse d'une même graisse, mais de substances grasses voisines.

(L'Accusé qui, pour s'exprimer, même pour défendre sa tête, ne dispose que d'un vocabulaire de trente à quarante mots au maximum, ne comprend pas ces phrases claires et ne peut pas en prononcer de semblables mais il a entendu le nom : Clovis. Il s'intéresse à la discussion.)

On nous dit alors que les armes saisies chez Clovis étaient graissées à l'huile d'olive. On précise : huile d'olive de sa récolte personnelle ; qu'il n'y a pas, à l'analyse, une huile d'olive semblable à une autre pour ces huiles de propriétaires ; que, lorsqu'on est venu demander de l'huile d'olive à Clovis, il a donné, non de l'huile de l'époque du crime, mais de l'huile de la récolte nouvelle ; qu'on a ainsi été égaré un certain temps. On a su la vérité en comparant l'huile qui graissait l'arme du crime et l'huile de la récolte d'olives de Clovis précédant le crime.

(Moi qui me fiche du dossier, enfin, qui n'ai pas un respect absolu pour le dossier, je suis très intéressé par cette huile d'olive. L'Accusé aussi. Mais c'est tout. On s'arrête là. Suit une interminable [vingt minutes] discussion sur la différence qui existe entre « bout portant » et « bout touchant ».)

Le capitaine de gendarmerie Albert. Le plus beau témoignage du procès. Le capitaine, que l'on sent d'une honnêteté d'acier et d'un grand courage moral, s'interdit d'interpréter. Il se borne à une énumération des faits. Il parle pendant plus de deux heures sans cesser d'être précis et *incontestable*. On éprouve même une grande joie intellectuelle à écouter ce témoignage qui vous apporte à chaque mot la certitude de son exactitude et de son honnêteté. Ceci est la vérité. Il ne peut pas y avoir le moindre doute. Ce témoignage ne contient absolument aucune accusation contre l'Accusé. Et je m'aperçois que, s'il n'en contient pas, c'est qu'il s'interdit *d'interpréter* les faits. On ne fera par la suite aucune allusion, aucun retour à ce témoignage. Il a été apporté à la barre. On ne pouvait pas l'empêcher, mais on ne s'en sert pas.

La salle est composée de journalistes dont c'est le métier d'être là. Au fond, le public, c'est-à-dire la passion plus que la curiosité. Public facile à diriger, à dominer. Le Président n'a pas la moindre difficulté. Il ne dira pas une fois : « Je vais faire évacuer la salle ». Passion trop vive, trop occupée d'elle-même pour qu'elle ait envie de manifester quoi que ce soit. À peine, de temps en temps, des soupirs collectifs quand les mensonges des témoins sont trop évidents, trop méprisants. Souvent, le silence parfait, tout à fait le silence dit « de mort ». Dehors, malgré la pluie et le froid, des hommes et des femmes vont et viennent devant les portes gardées qui donnent accès à la salle. Des hommes et des femmes qui *se rongent.* Comme si, eux qui sont dehors, étaient en cage ; comme si, nous qui sommes à l'intérieur, étions en liberté. Parce qu'ils croient qu'on est en train d'éclaircir le mystère.

Digne. Ville triste l'hiver, ville mélancolique aux beaux jours. Montagnes très proches et dépourvues de toute beauté. Pour qui aime la montagne, impossible d'aimer celle-là, même revêtue des ors et des violets de l'automne. Le vent qui peut ailleurs avoir de grands gestes tourbillonne ici dans des couloirs, l'entrecroisement de vallées étroites, même pas sonores. Paysage sur lequel « *on se casse le nez* ». Gassendi. Jansénisme. Le pays du côté de Senez. Pour qui connaît la région et peut placer Digne dans un ensemble, la tristesse est encore plus grande parce que pas du tout limitée à cette ville, ces maisons aux façades grises, cette agglomération mesquine de *bleak-houses* mais répandue sur des lieues et des lieues de pays. Génie de Victor Hugo qui place Digne au début des *Misérables*.

À propos de Victor Hugo, Gaston D..., enfant naturel d'une servante qu'on dit avoir été piémontaise (père inconnu), est né dans la loge du concierge de ce palais de justice où aujourd'hui on le juge.

Toujours à propos de Victor Hugo. Un témoin important du procès (de la Défense ou de l'Accusation, je ne sais pas, mais ils accusent tous par quelque chose) s'est tué par accident, quinze jours avant l'ouverture du procès. Il était à scooter. Il s'est fracassé le crâne comme a été fracassé le crâne de la pauvre petite fille.

Il y a des clowns. Maillet, clown sinistre. C'est la bêtise dont parle Flaubert. On rit sans se détendre. On rit comme il tonne sans que l'orage se résolve. Puis, on ne rit plus quand, phrases risibles après phrases risibles, s'exprime une haine « hénaurme ! ».

Ce clown a cependant un vocabulaire de cent à cent cinquante mots. L'Accusé n'a qu'un vocabulaire de trente à trente-cinq mots, pas plus. (J'ai fait le compte d'après toutes les phrases qu'il a prononcées au cours des audiences.) Le Président, l'Avocat général, le procureur, etc., ont, pour s'exprimer, des milliers de mots.

À chaque instant on appelle des Dominici à la barre. Ils sont innombrables. Tous les prénoms du calendrier vont y passer. C'est Clovis l'accusateur numéro 1. (On a beau dire que c'est Gustave qui a *le premier* dénoncé son père, c'est Clovis le numéro 1.) C'est Clovis qui ressemble trait pour trait à son père. Mais ce qui, chez l'Accusé, est grandeur est transformé dans les visages de cette famille par le tempérament personnel de chacun. Je parle de l'Accusé comme s'il n'était pas accusé ; comme si je le rencontrais au seuil de sa ferme en 1934, par exemple. Donc, qu'on ne me rétorque pas : « C'est un assassin, comment pouvez-vous lui trouver de la grandeur ? » Il en a. C'est un personnage de la Renaissance, du Moyen Âge. Il sort nu et cru de l'*Histoire universelle* d'Agrippa d'Aubigné. C'est un assassin, bon ! C'est un assassin avant même qu'il soit jugé. Il y a deux ans d'articles de journaux sur ce personnage. N'y pensons pas. C'est un type des guerres de Religion. Le regard de ses yeux est difficile à supporter. Ce n'est certainement pas le personnage décrit par Mme Musy, dans son excellente rédaction d'institutrice chevronnée. Sa psychologie est hors de portée des procès-verbaux. Si je l'avais accompagné dans ses randonnées solitaires, je pourrais peut-être dire qui il est avec à peine 50 % de chances d'erreur. Là, non, je ne sais pas. Je ne pourrais à son sujet que parler par analogie. Cela n'est pas souhaitable.

Vox me dit : « Il est innocent de profil, coupable de face. » C'est vrai. De face parce qu'on voit ses yeux. Regard mordant.

Clovis. De cet aspect de grandeur, il fait quoi ? Son père répète à tout bout de champ : « Je suis franc z'et loyal. » Clovis, sans rien dire, le répète inlassablement, (jusqu'à la liaison cocasse) avec toute la forme de son visage. Mais, au cours de la confrontation dramatique à la barre avec Gustave, nez à nez (c'est le cas de le dire : leurs nez se touchent) sous les injures de Gustave, ce visage franc z'et loyal se défait, se détruit, se démolit d'un coup. Il desserre cette bouche serrée comme un étau (qui ne s'était desserrée que pour accuser et renouveler ses accusations). Il se défait, il se détruit, il va parler. La bouche s'ouvre...

Le Président tape sur la table et dit :

« Taisez-vous ou je vous envoie à Saint-Charles (c'est la prison). »

Clovis se reprend. Son visage se reconstruit. Il est de nouveau franc z'et loyal. Il peut de nouveau dire : « C'est mon père qui a tué les Anglais. »

Gustave. Le lâche des albums de *Zig et Puce.* Le lâche pour enfants de trois ans. Le lâche qu'un enfant de trois ans désigne du premier coup sur l'image : « Celui-là, maman, c'est le lâche ? — Oui, mon petit. »

Du visage de son père, qu'est-ce qu'il en fait ? Il a allongé le nez, il a raccourci tout l'espace entre le nez et le menton. Le front ne s'est pas développé. Ce qui s'est développé, c'est toute la partie du visage comprise entre l'arcade sourcilière et la barre du nez, les pommettes, les tempes.

L'Accusé, son père, se penche vers lui et, sans emphase, le plus simplement du monde, avec une émotion *parfaite*, lui dit :

« Gustave, je te pardonne. Je ne veux pas que tu dises que je suis innocent. Ce n'est pas ce qu'il faut dire. Dis la vérité. Qui était avec toi dans la luzerne quand tu as entendu les cris ?

Qui était avec toi ? Qui était avec toi ? Qui était avec toi ? » (On sent que cette phrase va être répétée jusqu'à la fin des temps si on ne l'arrête !)

Gustave ouvre la bouche. Le Président tape sur la table et dit : « L'audience est suspendue ! »

Gustave est sauvé. Il peut redevenir le lâche des albums de *Zig et Puce*.

Pour la première fois, la salle a un peu grondé.

Yvette. Femme de Gustave. Ce n'est pas une Dominici, c'est une Berthe. Ce n'est rien. On a dit : « Femme forte », domine son mari (qui ne dominerait pas ce mari ?). C'est la petite dinde qui se prend pour Dieu-la-mère. J'aime cependant la façon qu'elle a, arrogante et décidée, de défendre son beau-père. J'aime le sourire (d'amitié, d'affection, de théâtre… on ne sait pas ; sans doute les trois) qu'elle adresse au vieillard. Clovis regarde à peine son père, furtivement, sans sourire, bien entendu, mais avec un rire muet qui tend la bouche horizontalement, comme certains rires de damnés romans. Gustave tourne vers son père un visage mort. Yvette sourit gentiment au vieillard. Ce sourire me plaît.

Retournée s'asseoir dans la salle, pendant que toute la famille se déchire à la barre, que Maillet glapit, que le Président tonne, Yvette lit.

Lit quoi ? Je n'ai eu de cesse tant que je n'ai pas su ce qu'elle lisait. C'est : *Quand l'amour vaincra.* Je n'invente rien.

Maillet. Son témoignage : « Gustave m'a dit : Si tu avais entendu ces cris c'était horrible. » Je lui ai demandé : « Où étais-tu quand tu as entendu ces cris ? » Gustave m'a répondu : « J'étais là, dans la luzerne. »

C'est tout. On n'essaye pas d'éclaircir un peu cette scène. On a demandé à Gustave :

« Étiez-vous dans la luzerne ?

— Non, répond Gustave, j'étais couché. »

Bon. Parfait. Terminé.

L'Accusé, que ça intéresse, s'est penché en avant. Quand il voit qu'on n'insiste pas, il se rencogne entre ses deux gendarmes.

Tout Accusé disposant d'un vocabulaire de deux mille mots serait sorti à peu près indemne de ce procès. Si, en plus, il avait été doué du don de parole et d'un peu d'art de récit, il serait acquitté. Malgré les aveux.

J'ai demandé si ces aveux avaient été fidèlement reproduits aux procès-verbaux. On m'a répondu : Oui, scrupuleusement. On les a seulement mis en français.

Une grande scène. — Sur la sellette, devant la barre, petite estrade d'un mètre carré au plus, sont réunis Mme Caillat, fille de l'Accusé, Gustave, Clovis et Maillet. Gustave injurie Clovis nez à nez, de nouveau, soutenu cette fois par sa sœur. Clovis est soutenu par Maillet qui glapit en cadence on ne sait quoi.

L'ACCUSÉ, *debout à son banc, le doigt tendu vers Clovis.* — Le monsieur, là, le monsieur, là, regardez ce monsieur. Je vais te le dire à qui elle est, la carabine. Elle est à toi. *Je le sais.* C'est toi qui l'as arrangée. *Je le sais.*

(Tiens, il prétendait qu'il ne l'avait jamais vue ! Cela me semble important. Personne ne bouge. Tout se passe comme si le Président disait : « Allons, allons, au texte, au texte, ne nous égarons pas. »)

Pierre Scize, qui a entendu comme moi, comme tous, demandera le lendemain, dans son article : « Le Président est-il sourd ? »

*

Le petit Perrin, le menteur. L'être qui n'a *jamais* dit la vérité, qui ne sait pas ce que c'est que la vérité, dépose.

PERRIN. — Le matin du crime, dit-il, je suis allé voir moi aussi.

LE PRÉSIDENT. — Qui y avait-il sur les lieux du crime quand vous êtes arrivé ?

PERRIN. — L'adjudant de gendarmerie et un gendarme.

LE PRÉSIDENT. — Qu'avez-vous vu ?

PERRIN. — J'ai vu, sous un lit de camp, un homme mort avec un pyjama bleu.

Stupeur du Président ! Le pyjama bleu n'est pas dans le dossier. Et c'est très grave car, en effet, *c'est vrai*. Sir Jack avait un pyjama bleu.

On appelle l'adjudant de gendarmerie.

Il affirme qu'on ne pouvait pas voir le cadavre entièrement recouvert du lit de camp. L'autre gendarme affirme également qu'on ne pouvait pas voir le cadavre. On trouve une photo providentielle qu'on fait circuler pour prouver que, malgré le témoignage des gendarmes, on pouvait peut-être voir. La photo est passée par mes mains. Je l'ai regardée ; elle ne prouve rien ; elle ne montre rien. On ne sait pas si on pouvait voir ou si on ne pouvait pas voir. Les gendarmes assurent qu'on ne pouvait pas voir. On renvoie cependant Perrin s'asseoir sans tenir compte du témoignage des gendarmes. J'entends à ma droite un magistrat dire : « Ce petit Perrin, il ment comme il respire. » Or, ici, il n'a pas menti : c'est la seule fois. Et, comme c'était le matin de la découverte du crime et qu'il a affirmé avoir dormi dans sa chambre jusqu'au moment où il est venu « pour voir », comment le petit Perrin savait-il que le cadavre portait un pyjama bleu ?

*

L'Avocat général, aux jurés : « Vous qui êtes l'élite du département des Basses-Alpes. »

Les jurés étant tirés au sort, il serait étrange que le sort ait désigné précisément l'élite du département des Basses-Alpes.

Non. C'étaient de braves gens. Ils n'ont jamais pris de notes, ils n'ont jamais posé de questions. On a cru qu'ils allaient en poser une, à un moment donné. Tout de suite après le réquisitoire, le premier juré se lève, paraît-il (je n'y étais pas) :

« Monsieur le Président, dit-il, après entente avec mes collègues, nous aimerions bien que ça finisse ce soir. »

*

Je n'ai pas écouté le réquisitoire de M. l'Avocat général Rozan. Je l'ai lu dans ce que les journaux en ont donné. Je l'ai lu attentivement et, dans quelques jours, je l'écouterai au magnétophone.

Les rois barbares ne m'épatent pas ; le lyrisme encore moins : je suis du bâtiment. Je sais *à peu près* de quoi est fait l'Accusé car la matière qui le compose et l'esprit qui a animé cette matière pendant soixante-seize ans, je les ai vus plus de mille fois composer des paysans que je connais. Les descriptions bas-alpines du réquisitoire me paraissent sommaires et loin de représenter la réalité dans ses complexités. Je pourrais faire à M. l'Avocat général un « procès de détail » où il ne serait certainement pas acquitté. Je ne le ferai pas. Nous ne parlerions que par analogies.

Mais je veux recopier un passage de ce réquisitoire, à mon avis fort important. Qu'on le lise avec attention :

Qu'importe ce qu'a pu faire Gustave, cette pauvre chose ? Gustave, de la façon dont il manœuvre, finira par croire que c'est lui qui a commis le crime, si son père le regarde dans les yeux. S'il lui dit : « Gustave, c'est toi l'assassin », il n'est pas dit que Gustave ne réponde pas : « Oui, c'est moi. »

J'ai eu peur, moi. Peut-être une erreur terrible allait se commettre. J'ai compris qu'un homme flageolait sur ses jambes, un homme qui obéit à son père, qui n'a rien à se reprocher. Alors, lui qui ne ferait pas de mal à une mouche allait peut-être se reconnaître coupable d'un crime qu'il n'avait pas commis.

Je l'ai compris quand ce père et ce fils étaient face à face. Rappelez-vous le dialogue : « Dis la vérité, Gus-

tave, clamait l'assassin. Tu connais l'assassin. » Vous vous souvenez, Messieurs, de cet instant ? J'ai eu peur que Gustave qui chancelait ne baissât la tête et ne dît « c'est moi ! ». Si cela était arrivé, il se serait passé une chose atroce. Nous aurions commis une erreur judiciaire, Messieurs. Je n'aurais plus pu convaincre personne de la culpabilité de Gaston Dominici. Le lendemain, les manchettes des journaux auraient annoncé : « La vérité éclate ! Gustave a reconnu qu'il avait accusé son père à tort, qu'il était, lui, le vrai assassin. » Il y aurait eu cette chose affreuse qu'on aurait cru que la bonne justice était rendue au moment précis où elle cessait de l'être. Vous l'avez peut-être senti comme moi, monsieur le Président. Vous avez compris que si vous prolongiez cette scène atroce, un innocent allait se déclarer coupable parce qu'il avait reconnu la voix de son maître, parce qu'il n'avait pas le regard d'Yvette pour le soutenir. Vous avez coupé court, monsieur le Président. Vous avez empêché peut-être cette chose tragique et vous avez fait que nous restions dans la vérité. Nous sommes sûrs que Gustave est innocent.

J'espère qu'à cette lecture, on remarquera beaucoup de choses.

Je remarque pour ma part :

1°) *Qu'importe alors ce qu'a pu faire Gustave ?* Il a, de son propre aveu, manipulé les cadavres ; vu la petite fille vivante sans lui porter secours. Dénoncé son père. Revenu sur cette dénonciation.

2°) *Si son père le regarde dans les yeux, etc. il n'est pas dit que Gustave ne réponde pas : « Oui, c'est moi. »* Cette hypothèse de l'Avocat général est erronée, puisqu'au début de l'interrogatoire de l'Accusé, il a été reconnu, et reconnu contre lui qu'il engueulait Gustave violemment parce que Gustave, peu travailleur, laissait en friche des parcelles de la Grand-Terre. Si l'Accusé ne pouvait pas hypnotiser Gustave pour le faire travailler, il pouvait encore moins l'hypnotiser au point de le faire se déclarer coupable d'un crime.

3°) *Rappelez-vous ce dialogue.* — On éprouve le besoin de nous expliquer l'attitude du Président ; coupant la parole au ras des lèvres de Gustave. C'était donc important (comme je l'ai montré).

4°) « *Dis la vérité, Gustave* » *clamait l'assassin.* — Non. À ce point-là des débats, Gaston Dominici n'est pas l'assassin : il n'est encore que l'Accusé. La vraie phrase (la phrase *honnête*) aurait dû être : « Dis la vérité, Gustave, clamait *l'Accusé*, tu connais l'assassin. » (Cela change beaucoup de choses.)

5°) *Si cela était arrivé... etc. que Gustave dît c'est moi... etc. Je n'aurais plus pu convaincre personne de la culpabilité de Gaston Dominici.* — S'il suffit de deux mots de Gustave : « *C'est moi* » pour que l'Avocat général ne puisse plus convaincre personne de la culpabilité de l'Accusé ; c'est donc qu'il n'y a rien contre l'Accusé que l'accusation de Gustave, et que ni aveux, ni reconstitution du crime, ni accusation de Clovis ne comptent, que nous n'avons pour condamner cet Accusé que la *conviction* de l'Avocat général. J'oubliais ! et le dossier. Ce dossier qui par conséquent d'après ce que vient de dire l'Avocat général ne peut plus convaincre personne si Gustave dit : « C'est moi. »

On comprend qu'il fallait taper sur la table et dire : « L'audience est suspendue. »

6°) *Nous sommes sûrs que Gustave est innocent.* C'est une affirmation gratuite. Qu'on nous donne les raisons pourquoi il est innocent. Je ne cherche pas forcément à dire que Gustave est coupable, mais puisqu'on en vient à affirmer son innocence, qu'on me dise en raison de quoi on l'affirme.

*

Je ne dis pas que Gaston D... n'est pas coupable, je dis qu'on ne m'a pas prouvé qu'il l'était. Le Président, l'assesseur, les juges, l'Avocat général, le procureur sont des hommes dont l'honnêteté et la droiture ne peuvent pas être suspectées. Ils ont la conviction intime que l'Accusé est coupable. Je dis que cette conviction ne m'a pas convaincu.

*

Assassinat mis à part, tout le monde est d'accord pour reconnaître que Gaston D... est un grand caractère. Peut-être mufle, goujat et cruel, mais incontestablement courageux, fier et entier. Une hypocrisie très fine, Renaissance italienne. La Cour, les hommes habillés de rouge, les gendarmes et les soldats ne l'impressionnent guère ou, s'ils l'impressionnent, il ne le montre pas. On a vu qu'il répond du tac au tac au Président, sans insolence, avec bon sens. Même, à ses risques et périls, il tient tête, et malgré tout ce que disent les enquêtes psychologiques, il tient tête sans colère. Il est rusé mais il n'est pas habile. À maintes reprises il s'est montré laid. Je le crois capable de générosité à condition que cette générosité soit un spectacle. Malgré son vocabulaire très restreint (pendant tout le temps des débats il s'est servi de trente-cinq mots. Pas un de plus. Je les ai comptés) à un moment il commence par : « Moi, on m'a pris comme un mouton dans la bergerie » et il fait sur son état de berger solitaire six phrases parfaites. Je regarde mes amis ! Nous sommes éberlués. Au point que j'en oublie de noter ces phrases. Je le regrette.

Ce n'est pas un caractère exceptionnel. Dans les collines et les montagnes de Haute-Provence, j'en connais mille, semblables je l'ai dit. Les gens à faux col, et qui croient à M. Seguin de la chèvre, en ont été choqués et me l'ont reproché. Ce qui prouve qu'on peut habiter un pays, en être même sans le connaître. Ils ne le connaissent pas parce qu'ils se servent de ce pays pour faire des affaires, de la politique ou leur politique. Ils ont peur, disent-ils, pour « l'avenir touristique du pays ».

*

Le destin. — Deux familles à plus de deux mille kilomètres l'une de l'autre : une en Grande-Bretagne, l'autre à la Grand-Terre. Celle de Grande-Bretagne s'ébranle, traverse la Manche, touche Paris, descend le long de la France, passe à Digne. Simple étape *mais* voit une affiche qui annonce une course de taureaux.

(À noter que Digne n'est pas une ville à course de taureaux et que ces manifestations *très rares* dans des arènes improvisées sont généralement fort laides.)

La famille anglaise *loue* des places pour cette course de taureaux et poursuit son voyage vers Villefranche, les amis, le soleil, la vie. Ces places louées font revenir trois jours après la famille anglaise sur ses pas. Elle revient à Digne, assiste à la chienlit dénommée course de taureaux, s'en fatigue vite, s'en va avant la fin, prend la route qui va à la Grand-Terre.

De tout ce temps, l'autre famille étrange, mais sans histoire jusque-là, cultive ses champs, chasse, pêche, braconne.

Nuit d'août.

Les deux familles se rencontrent. L'une disparaît, l'autre vole en éclats.

Et les colonnes du temple sont ébranlées (pour faire un peu de lyrisme, moi aussi).

2 décembre 1954

*Essai sur le caractère
des personnages*

(Procès Dominici)

Les caractères étaient difficiles à comprendre. Les journalistes, obligés d'écrire très rapidement, n'avaient pas le temps de s'y intéresser. Certains n'en avaient même pas l'appétit. Ils avaient vu des centaines de procès avant celui-là. Les moyens leur manquaient aussi. Pour beaucoup, c'était simplement un drame paysan, un pathétique de « j'avions ». Les premières pages n'avaient besoin que de gros titres. On a écrit pour le public une histoire pleine de bruit et de fureur. Je voudrais donner une signification à ce bruit et à cette fureur.

J'ai assisté à presque toutes les audiences (je ne me suis épargné que les trois dernières où il n'était question que d'éloquence). Je connaissais l'accusé, les témoins, les jurés. Il serait plus juste de dire que je connaissais leurs semblables.

Bien que parties opposées : accusés et témoins d'un côté, jurés de l'autre, étaient de même caractère. L'accusé n'est donc pas un être d'exception. J'en connais beaucoup comme lui. Quand je l'ai dit, ceux qui s'inquiètent plus de l'avenir du tourisme que de justice et de vérité, ont poussé les hauts cris. Je comprends fort bien que M. Seguin, de la chèvre, fait meilleure figure sur les bulletins des Syndicats d'initiative. M. Seguin, de la chèvre, est très gentil. Il n'a qu'un tort : il n'existe pas.

Si j'entreprends de montrer le jeu des sentiments et des passions chez des êtres qui intéressent actuellement le monde entier, il est juste de dire d'abord ce qui m'y autorise. De 1911 à 1929, avant de publier ce que j'écrivais, j'ai été employé de banque à Manosque. Les paysans de la région étaient mes clients. Pendant dix ans, de 19 à 29, j'ai été « démarcheur » pour cette banque, c'est-à-dire que j'allais de village en village, de ferme en ferme, placer des titres. Mon métier consistait à prendre l'argent caché sous les piles de draps de l'armoire et à donner en échange de grandes feuilles de papier. Ces grandes feuilles de papier sur lesquelles étaient dessinés des symboles, des allégories, ou bien des chemins de fer et des palmiers, étaient garanties par l'État. Je ne surprendrai personne en disant que, malgré cette garantie, ils perdaient un bon tiers de leur valeur trois mois après leur introduction en Bourse. Il fallait retourner chez les gens qui avaient subi cette perte et leur demander encore de l'argent pour le leur faire encore perdre. On comprendra aisément que, pour y réussir, il fallait les connaître ; et je réussissais puisque j'ai fait ce métier pendant dix ans.

Quand j'ai publié mes premiers livres, fruits de cette expérience, on a dit que « mes paysans » n'étaient pas vrais. On voit maintenant qu'ils l'étaient.

Notre âme moderne est faite en grande partie de civilisation moderne. Nos facultés d'amour, de haine, de générosité, d'égoïsme ont été transformées par le confort, les menaces scientifiques, les angoisses nouvelles, les espoirs d'âge d'or. Nous avons des joies, des désirs, des habitudes, des besoins que ne pouvaient pas imaginer nos grands-pères. Il existe de vastes régions où la civilisation moderne n'a pas pénétré.

Il y a une Provence classique. Je ne l'ai jamais vue ; j'habite Manosque depuis soixante ans. Je connais un pays sauvage.

Les lois naturelles qui déterminent la forme, la couleur, le tempérament d'une région déterminent le tempérament de ses habitants. Il suffit de La Palisse pour distinguer un montagnard d'un marin. Il y a des différences semblables, moins apparentes à première vue, mais aussi tranchées, entre un jardinier et un berger. Le maître d'un verger de pommiers ne serait pas le maître d'un verger d'amandiers. Les vastes horizons donnent une âme ; les vallées profondes, les vallons étroits en donnent une autre. Le bonheur que recherche le fermier installé sur des limons est très loin du bonheur qui satisfait le fermier des plateaux pierreux, au milieu de ses lavandes. Les humeurs du vent, de la pluie, subies pendant toute une vie donnent une forme particulière aux humeurs de cette vie.

Le voyageur va sur la Côte d'Azur. De pompes à essence en pompes à essence, de relais gastronomiques en relais gastronomiques, de routes nationales en routes nationales, sur un itinéraire balisé par les Ponts et Chaussées et les revues spécialisées, il gagne, sans rien voir de vrai, un pays où tout est artificiel. Là, on s'arrange pour lui donner ce qu'il attend. Il a entendu parler de ciel bleu, de mer calme, de soleil, de cigales, de douce rigolade, de population gentiment ridicule. Il trouve tout ce qu'il est venu chercher. Son rêve est si parfaitement réalisé qu'il ne désire rien d'autre.

On les imagine partant de quelque Lille-Roubaix-Tourcoing, ou de quelque Belgique, ou d'une usine (les congés payés ont fait *fleurir* dans la banlieue de Cannes des *villes de toile*). Ils vont vers le rêve tout mâché. Ils trouvent les agaves plantés à l'endroit précis où ils désirent qu'ils soient plantés. Certains font leur compte plus tard ; d'autres ne le font jamais : c'est le plus grand nombre.

Ceux qui sont fiers d'un peu d'esprit visitent le château des Papes, les tapisseries de l'archevêché ; les romantiques vont aux gorges du Verdon, les habitués signalent aux novices une banlieue de Marseille à pétanque, une plage à bain de minuit, une boîte où la patronne (qui est d'Abbeville) emploie le langage pittoresque des poissonnières mal embouchées. Les érudits parlent des Saintes ou des Baux (les objets de piété qu'on vend aux Saintes viennent de Tchécoslovaquie ; les artisans des Baux sont de Quimper). Les amateurs de poésie avalent du poème folklorique fabriqué en 1850. Des industriels riches poussant, comme ils disent, la folie jusqu'au bout, font construire pour leurs vieux jours des *Étoiles de la mer*, avec salles de bains, sur les rochers rouges du Trayas.

Tout est si bien construit d'après les formules enfantines de la crèche et la littérature d'un Virgile spirituel pour IIIe République ; on a, pour les besoins du commerce, (et Dieu sait si les besoins du commerce sont capables d'imposer des disciplines de fer) planté des décors qui correspondent à un tel besoin de l'époque moderne qu'on ne me croira jamais si je dis que la Provence est une terre inconnue.

Il y a cependant cette salle d'assises de Digne.

Il me faut dire encore une fois rapidement ce que j'ai déjà dit ailleurs. La Provence n'a pas d'unité. Elle est d'une diversité qui défie la mise en formules. Elle est constituée en gros par deux régions qui se touchent mais pourraient être à mille kilomètres l'une de l'autre : la basse Provence et la haute Provence. Ces deux régions sont aussi dissemblables que possible.

Sont de basse Provence toutes les terres qui, sur une carte du relief du sol, sont marquées en clair, et en vert, de la couleur des plaines : c'est la vallée du Rhône, c'est la Camargue, la Crau, les parages de l'étang de Berre, les alluvions à légumes du Comtat, du confluent de la Durance et du Rhône autour de Cavaillon, les petites collines d'Aix, le territoire de Marseille, y compris les massifs montagneux de la Sainte-Beaume, le versant glorieux de Sainte-Victoire, c'est-à-dire son versant du midi, du côté de la route d'Aix à Nice (le versant du nord vers Vauvenargues-Rians est déjà de haute Provence), Toulon, la côte varoise, le département du Var, depuis la mer jusqu'au cours de l'Argens ou, d'une façon plus complète, jusqu'à une ligne qui passerait par Saint-Maximin, Barjols, Carcès, Draguignan, Grasse.

Le reste, jusqu'aux Alpes à l'est, est la haute

Provence. Sa porte du nord est à Sisteron. Bien qu'on puisse trouver, au-delà de cette porte, des caractères semblables à ceux qui vont nous intéresser, on est, après Sisteron, en Dauphiné et les similitudes ne sont plus ethniques, mais proviennent d'un façonnage général de l'esprit par la solitude. Si nous acceptions ces similitudes, nous trouverions des hauts Provençaux en Mongolie et dans les déserts du Nouveau-Mexique. Il nous faudra toutefois parler du façonnage de l'esprit par la solitude, mais au particulier. En bref, tout ce qui, sur une carte de relief du sol, est coloré en bistre, de la couleur des montagnes et des collines de plus de quatre cents mètres d'altitude est la haute Provence. Ses bastions avancés vers la basse Provence sont le Mont Ventoux, le Plateau d'Albion qui dominent Carpentras, les collines autour de Manosque, jusqu'à Apt, le plateau de Valensole jusqu'à Mirabeau (le défilé de Mirabeau étant la porte sud) la crête de Sainte-Victoire, le Plan d'Aups. Au-delà de la montagne de Lure, la haute Provence va jusqu'aux Barronnies où, dans un entrelacs de vallons escarpés et sauvages, elle se mélange sans frontière bien définie avec un Dauphiné bâtard, en produisant une race de protestants extraordinaires.

Digne est en haute Provence. Alexandra David-Neel, célèbre par ses longs séjours au Tibet, s'est fixée à Digne. Elle prétend que, non seulement, c'est le paysage d'Europe qui lui rappelle le plus ces contrées désolées et magiques où elle a longtemps vécu, mais encore que le *climat* (au sens qu'André Maurois donne à ce mot) est le même. Gassendi est de Digne. Les vallées montagnardes autour de Digne ont abrité longtemps les derniers jansénistes. Agrippa d'Aubigné, dans son *Histoire universelle,* qualifie les protestants de Sisteron de *Princes qui règnent sur eux-mêmes.* Les guerres de Religion ont été d'une violence et d'une cruauté extrêmes des deux côtés. Les minorités ont toujours été irréductibles. Tortures et massacres ne sont jamais venus à bout d'une idée dans la région. La foi désarmée y prend une arrogance qui appelle le sabre et la torche. C'est également la terre des schismes. J'en ai connu un en 1934, à Vinon, à onze kilomètres de Manosque. J'y ai mené André Gide. Nous avons assisté aux cérémonies de l'Arche de l'Alliance, dans une prairie. Le jeune prêtre, venu remplacer son collègue schismatique, s'éreintait à tirer en vain la corde de sa cloche. Tout le village avait suivi le vieux pasteur dans ses errements. Sur une population de huit cents âmes, il n'était pas resté un seul catholique. On défie Dieu comme on défie les hommes. De l'an II à l'an VI, le brigandage a été dans les Basses-Alpes une industrie déclarée.

On embauchait dans les foires. Les chefs de bandes venaient y recruter comme on recrute des moissonneurs. On se destinait au brigandage après conseil de famille. C'était une profession. Fouché qui rédigeait personnellement des billets quotidiens destinés à l'Empereur écrivait le 29 ventôse an XIII : « Le département des Basses-Alpes est dans une agitation constante. Tout le monde y a des idées, et ce ne sont jamais les idées de tout le monde. Les successions ouvertes ne se règlent jamais suivant le Code civil mais par des transactions auxquelles l'ancien droit sert de base. Les auteurs de deux rébellions qui ont eu lieu à Digne à l'occasion de l'arrestation de deux déserteurs viennent d'être acquittés par le jury d'accusation, quoique évidemment coupables. »

J'ai eu comme client, en 1921, le dernier habitant d'un hameau perdu dans la montagne de Lure. Il habitait seul dans les ruines. Il faisait la cueillette et la distillation des lavandes. Je lui connaissais une fortune de plus de six cent mille francs (de 1921). Il vivait avec deux chiens énormes constamment attachés à sa ceinture. Ces deux chiens n'ayant pu se détacher de lui sans le déchirer l'ont mangé en 1926, quand il est mort.

Certains villages haut perchés, dorés et crénelés comme des couronnes, sont d'anciens hospitalets de lépreux. Les marques infamantes sont toujours gravées au-dessus des portes. Bien qu'ayant encore des vingtaines de feux, ces villages ne font aucun bruit. Il faut connaître ces silences de haute Provence. De vastes espaces entiers se taisent ; cent kilomètres carrés de découvert où rien ne bouge. Les villages sont portés dans le ciel bleu par des rochers d'un gris très aristocratique, c'est tout.

Là, on n'est jamais distrait de soi-même. C'est la vieille condition humaine qu'il faut constamment supporter. Les révoltes ne sont pas sociales. L'espoir est obligatoirement fabriqué à la main et ne peut être que d'un usage personnel. Cela va de la parfaite innocence à la complète corruption.

Les rues sont vides. Pas de poules en liberté, à cause des éperviers et des renards. Le vent qui ne cesse jamais anime seul la poussière et corrode les pierres comme de l'eau. Le seuil de certaines maisons dont tous les habitants sont morts continue à être usé par le vent. On peut imaginer les pas d'êtres invisibles. Les ronces de fer qui barrent les lucarnes ont été martelées, ciselées et scellées au XIIIe siècle.

Si vous ne connaissez pas la porte où frapper, vous pourrez arpenter le village, il restera désert. Ne croyez pas à une communauté. Ce sont des individus qui vivent chacun pour eux-mêmes. Les voisins restent parfois des semaines sans s'adresser la parole. Des membres d'une même famille se coudoient en vase clos pendant toute une vie sans jamais exprimer un sentiment. Les mariages se font par rapt ; non pas à la façon de celui des Sabines, mais par petits larcins accumulés patiemment pendant un an ou deux, le temps qu'il faut ; larcins de l'esprit qui suppriment peu à peu la liberté de celle qu'on désire, ou de celui qu'on convoite. Tout le temps de l'opération, à part le physique, une indifférence d'insecte.

Erreur grossière de croire que l'homme est le maître ; souvent c'est la femme, même quand les apparences sont contraires. C'est quelquefois le fils ou la fille. C'est quelquefois le père, bien entendu, mais il n'y a jamais de patriarches. Le maître de la Grand-Terre n'existe pas. On n'échange jamais une idée. On la garde. La solitude est parfaite. La semence seule passe du père à la mère. Le reste est silence.

Ce n'est pas absence de passion (même dans ce que je viens de dire de l'amour). La haine est féroce, la colère sans frein, l'ambition démesurée. La jalousie et l'envie font des miracles. Les vertus sont sans commune mesure avec les vertus des êtres dits civilisés. La générosité épouvante ; la tendresse a la saveur d'un péché mortel ; l'amitié défie les lois même naturelles ; le courage est placide comme une jarre d'huile.

Ils vivent de troupeaux, de ruchers, de lavanderaies, de contemplation. Ils cherchent éperdument à se distraire : donc ils s'intruisent. Ils ne sont pas cultivés mais savants. Cette science leur vient tôt. À vingt-cinq ans, ils ont une expérience qui, dans le monde, est appelée l'expérience des vieillards. Même celui qui passe pour être l'idiot du village, même celui qui est l'idiot du village. Leur vie solitaire étant une suite ininterrompue de combats avec l'homme (eux-mêmes et autrui) ils connaissent l'homme. N'ayant de contact (sauf de combats) avec personne, ils sont obligés de tout apprendre seuls : donc, de tout essayer, de tout prendre à zéro, de se faire opinion sur tout. De là, dès qu'ils savent, une certaine arrogance. Pour atteindre à la modestie, il leur faut une force surhumaine. Quelquefois ils l'ont. Alors il faut se méfier car ils ne sont arrivés à la modestie qu'en faisant des calculs.

Ces considérations générales ne tiennent pas compte de l'hérédité ni des conditions de vie qui changent de village à village, suivant l'exposition où ils sont assis. Il faut ajouter que tous ces gens-là sont riches ; que leur richesse ne leur sert à rien, sauf à l'orgueil puisqu'ils vivent en économie fermée. Riches, j'entends vraiment riches, à millions, comme on dit. Les terres réputées pauvres, parce qu'impropres à produire céréales et pommes de terre en grande quantité, produisent de la lavande dont l'essence se vend très cher et est moins soumise aux fluctuations de prix des produits du sol de consommation directe. Les quelques pauvres sont valets des riches, c'est-à-dire en tenant compte des considérations générales précédentes, en bonne place pour exercer tous leurs talents et avoir par conséquent une vie savoureuse. Il n'y a pas de misère. Quand il y en a, c'est un autre nom de l'orgueil.

L'accusé a habité Brunet. Brunet est un village de la vallée de l'Asse. L'Asse est un affluent de la rive gauche de la Durance. C'est un torrent qui descend du versant nord du Mourre de Chanier et se jette dans la Durance à quatre kilomètres au-dessous d'Oraison, à une dizaine de kilomètres au-dessous de la Grand-Terre par conséquent.

Dans son cours supérieur et moyen, la vallée de l'Asse est étroite et son aspect est désespéré. Le soleil y pénètre trois heures par jour pendant l'été et à peine une heure l'hiver. Le torrent a tranché dans des schistes noirs ; la végétation est rabougrie : ce sont des chênes nains, des buis, des foins ras qui, dès l'automne, sont comme du poil de renard, et sur lesquels le printemps ne marque pas, même par une pâquerette.

C'est cette vallée qui est restée janséniste pendant très longtemps. On se souvient de l'évêque de Senez. L'Asse passe à Blieux, petit village de charbon dans des champs de cendres sur les hauteurs, puis elle passe à Senez, cinq cents habitants. L'évêché est une cure misérable, rongée d'orties ; la cathédrale a quinze mètres de long, six de large et des murs couverts de lichen.

Après Senez, l'Asse, contournant le Serre de Mondenier et les contreforts granitiques du Trévans, trouve enfin de quoi se faire une petite vallée coquette après Mézel. Prairies avec de vraies fleurs alternent avec des bosquets de saules. C'est Virgile, mais comme Senez a été un évêché. La vallée a quinze cents mètres de large. De chaque côté, les solitudes la surveillent ; de chaque côté, au rebord des plateaux, des files d'amandiers noirs torturés de vent montent la garde.

En approchant de son confluent avec la Durance, l'Asse étale de plus en plus ses limons jusqu'à avoir un lit et des plainettes adjacentes sur près de deux kilomètres de largeur. La montagne de Lure est en face de l'ouverture de cette vallée. On voit luire les écailles de la Durance. On entend la rumeur de ce qui a été de tout temps, là-bas, la route d'Italie. Ici, sans atteindre au silence des contrées reculées, on est dans un bras mort.

Les fermes sont cossues, font du blé, de l'amande. On se fréquente, c'est-à-dire qu'on va chez les uns, chez les autres, pour s'observer. Les orages sont mauvais dans cette région et les fêtes d'été tristes. On est obligé de se forcer pour rire. Cela finissait généralement, il y a vingt ans, par des batailles parfois rangées. On essayait de provoquer le rire par tous les moyens, y compris par la raillerie que certains n'entendaient pas. Ces batailles rangées suivies de victoires et de défaites où tout le rang est engagé ont créé un patriotisme de hameau. À la suite de quoi on n'a plus fêté les saints (notamment saint Pancrace) pendant longtemps. Depuis quelques années, on essaye d'y revenir. Au printemps, quand l'Asse a charrié les eaux de la fonte des neiges, la route charrie en sens inverse les troupeaux de la transhumance.

À quinze kilomètres de l'embouchure de la vallée, Brunet. Il est sur la rive gauche, c'est-à-dire sur le versant nord du plateau de Valensole, donc à l'ombre toute la journée, dans des bois noirs. C'est un village de vieillards.

Tous ces villages des versants nord ont été désertés peu à peu, puis brusquement, pendant les années qui suivirent la guerre de 14. Aux temps héroïques, c'est-à-dire quand il fallait se cacher (je parle des temps anciens), ces villages étaient bien habités parce que dissimulés dans l'ombre. De la rive droite de l'Asse, à deux kilomètres, Brunet est invisible. Bâti comme un nid de guêpes à mi-hauteur de la pente, s'il était découvert, il pouvait à la rigueur se défendre. Mais les soudards de la route avaient d'autres chats à fouetter. Pendant tout le XIXe siècle, la peur du bourgeois a empêché la désertion. Le bourgeois n'avait pas de sabre, mais il avait de la hauteur, et des commerces, et des huissiers, et le cœur sec. Enfin, pour des paysans timides, le bourgeois était redoutable. On continuait à vivre caché, sinon avec bonheur, en tout cas avec tranquillité. Au début du XXe siècle, les habitants des versants nord ont mis le nez au trou. Après la guerre de 14, pendant l'ère de prospérité, tous les hommes de moins de quarante ans et dont les noms n'étaient pas inscrits sur les monuments aux morts partirent pour le soleil ou pour la ville. Moins pour la ville que ce qu'on croit. Certains se sont contentés de passer de rive gauche en rive droite. On ne craignait plus d'être en belle vue, voilà tout. Toutes les femmes, jusqu'à cinquante ou même soixante ans, abandonnèrent les villages des versants nord. Si les hommes au-dessus de trente ans restèrent sur place malgré l'ombre, c'est qu'en général ils sont plus timides que les femmes, plus attachés à leurs habitudes, moins attirés par ce qui brille.

Brunet fut donc, comme les autres villages versant nord, un collège de célibataires vers les années 25-30. Célibataires qui tournèrent lentement aux vieillards. C'est à peu près à l'époque de ce tournement, j'imagine, que l'accusé vint habiter Brunet.

Réduit aux hypothèses, on peut cependant dire en gros ce qu'avait dû être sa vie jusqu'à ce moment-là. Je ne crois pas qu'il ait été le maître de la Grand-Terre au moment du crime. Je ne crois pas qu'il l'ait jamais été, ou même qu'il ait été le maître de grand'chose sauf de lui-même (et encore !). Toutes les photographies qui ont été prises de lui, en famille, son petit-fils sur les bras ou musette à l'épaule, menant ses chèvres, sont des images sur lesquelles il a posé. On le lui reproche d'ailleurs. On trouve indécent (et ce le serait encore plus s'il était l'assassin) cette pose à l'occasion d'un crime horrible. S'il avait été le maître de la Grand-Terre, il n'aurait pas posé en figure de maître. Ces *dynastes* des terres sauvages (il en existe et j'en connais) ont plus de finesse et surtout ils jouissent tellement dans l'exercice de leur pouvoir absolu, et de jouissances si secrètes, si multiples, si *instructives* que, lorsqu'ils ont l'occasion de *poser au maître*, ils s'effacent. Il pose, non pas parce qu'il est le maître, mais parce qu'il aurait aimé l'être ou le rester.

Né d'une servante séduite, si on connaît Digne, si on arrive à se représenter ce que devait être cette ville tibétaine en 1877, on sait que l'enfance de l'accusé n'a pas dû être d'une gaieté folle. Sa mère avait beau être piémontaise, et certainement courageuse et maternelle, puisqu'elle l'a gardé (1877 n'est pas l'époque bénie des filles-mères), elle était domestique (et d'un concierge : précisément du concierge du palais de justice) elle n'a pas pu être tendre. On n'a pas dû lui en laisser le temps et le loisir.

L'accusé est un être sensible (ne serait-ce que par définition). Tout le long du procès, s'il est ému et s'il ne peut pas s'empêcher de le montrer, on dit : « Il joue la comédie. » S'il paraît indifférent, on dit : « Quel salaud ! » Oui, il joue la comédie quelquefois, d'ailleurs jamais quand on croit qu'il la joue, et précisément aux moments où il semble *qu'on va l'avoir*. Mais, sauf à ces moments-là, et qui sont rares, et qui ne démontrent pas du tout la culpabilité ni le besoin de dissimulation ni le goût du mensonge, mais simplement le petit côté théâtre du solitaire *latin*, enfin sur la sellette ; sauf à ces moments-là, il est sincère. S'il se montre ému, c'est qu'il l'est ; s'il se montre indifférent, c'est qu'il a *tiré le rideau*.

Il a donc passé son enfance sans tendresse et dans une sorte de gravure de Gustave Doré, mais sordide. Digne aux alentours de 1877. Un enfant de quatre ans (fils de servante séduite) aux prises avec les hachures noires de l'époque. Quel beau morceau de Victor Hugo ! Je n'oublie pas qu'une autre enfant a été massacrée à coups de crosse, que c'est pour quoi l'accusé est à son banc, que le coupable d'un tel crime n'est digne d'aucune pitié. Mais on ne m'a pas démontré (on ne l'a démontré à personne) que l'accusé est coupable de ce crime et j'ai encore le droit de parler de lui sans tenir compte du meurtre de la petite fille (même après la condamnation qui n'est pas une preuve).

Est-il allé à l'école longtemps ? Enfin, je veux dire à l'école primaire. Je ne le pense pas. D'ordinaire, dans le cas qui était le sien, dès onze ans, parfois dix et même neuf, on mettait les enfants en place, c'est-à-dire au travail. Les gars venant de l'artisanat allaient en apprentissage, les autres en place. On a dû le confier à un berger, peut-être à un petit fermier. Je le déduis des endroits où il a habité à son gré, par la suite : Brunet, Ganagobie, la Grand-Terre. Confié à un gros fermier il aurait eu le goût des terres faciles. À un moment ou à un autre il aurait été séduit (surtout en arrivant vers 1930-1935) par les longs sillons. Il serait descendu du côté de Manosque, il aurait poussé peut-être jusque vers le Vaucluse. Tandis qu'il a recherché les endroits pauvres. J'ai dit tout à l'heure que ces endroits pauvres produisent en réalité beaucoup d'argent. Il faut simplement tenir compte de ce choix pour expliquer cet homme en partie : il voit clair, il ne se laisse pas séduire par l'apparence, il a profité de l'expérience des choses, il ne tient pas à figurer, sinon comme premier chez lui plutôt que second à Rome.

Car, lorsqu'il arrive à Brunet, il est premier chez lui, les enfants sont jeunes. Le soir de son mariage, sa femme lui aurait dit, paraît-il (c'est lui qui l'affirme, et il y a dans cette affirmation quelque chose *de plus* que la vérité. Ce n'est pas un mensonge, c'est *en plus* de la vérité, pour la faire comprendre quand elle est compliquée (mauvaise méthode, mais courante chez les Latins) : « Si tu veux que nous soyons heureux maintenant, il faut que tu sois sourd, muet et aveugle. » C'est possible qu'elle l'ait dit. Ce sont des franchises à la Catherine Sforza dont je connais d'autres exemples par ici. Et c'est plus tendre que ce que l'on croit ; d'une tendresse en tout cas que les caractères que je viens de décrire sont capables d'apprécier ; et les femmes savent que ces caractères ont cette capacité. Cette épousée était, paraît-il (toujours d'après les déclarations de l'accusé) enceinte avant le mariage, et sans doute d'un autre que celui qu'elle épousait. Ce qui n'est ni pour ni contre elle.

Lui, on a parlé de tatouages, tatouages militaires. Et là-dessus les esprits ont travaillé. Ce qui apparaît le mieux dans son comportement passé, sans romantisme, c'est qu'il avait envie de vivre en famille, tatouages ou pas. Cela explique très simplement son mariage et, comme il n'était pas en mesure d'épouser la reine Guenièvre (qui, elle non plus, n'était pas un ange de vertu d'ailleurs) il a cherché une femme qui pouvait consentir à épouser le garçon berger. Il n'y en a pas tant que ça. Celle-ci était enceinte mais consentait.

Brunet : une vingtaine de maisons noires dans des bois noirs, sur le flanc noir du plateau de Valensole. L'exposition au nord dérobe le village au soleil. De la vallée de l'Asse, il faut monter pour atteindre le village ; du village il faut continuer à monter pour atteindre le rebord du plateau de Valensole. L'an dernier, 1953, ces routes n'étaient pas encore goudronnées. On peut les parcourir cahin-caha avec une petite voiture automobile (c'est ce que j'ai fait) si l'on n'a pas peur de bousiller un train de pneus et d'érafler la carrosserie, mais, même dans ce parfait état d'insouciance, il vaut mieux ne tenter cette aventure qu'une fois.

Village de vieillards célibataires. On reste robuste tard dans l'air des Basses-Alpes. Jusqu'au-delà de quatre-vingts ans, ils vont grappiller du bois mort, traîner des souches pour leur feu du soir. Les chemins sont gelés. Le givre installé début novembre blanchit les arbres et les herbes jusqu'en mai. Dès quatre heures du soir on se calfeutre. Que faire après s'être calfeutré ? On ne lit pas. La soupe faite une fois par semaine bout en répandant cette odeur aigre à laquelle on est si bien habitué qu'on l'aime, qu'elle fait odeur de maison confortable. Le poêle ronfle. On dort sur une chaise.

J'en connais un qui lisait le dictionnaire. Il y apprenait la hauteur de tous les monuments du monde. La flèche de la cathédrale de Strasbourg, 142 mètres, la pyramide de Chéops, etc., même la hauteur des monuments disparus, le colosse de Rhodes, le phare d'Alexandrie.

C'est là que l'accusé installa son ménage. Pour qui a servi d'aide-berger de neuf à vingt ans, c'est pays de cocagne. Quand l'accusé dit : Brunet, c'est un Français qui dit : Paris. Cela signifie : « Je connais le monde. »

Ce n'est pas si naïf qu'on le croit. Il le connaît en effet. Un monde rude. Ses réponses au président le prouvent ; son attitude aussi. On ne l'a pas assez considéré comme un innocent tant qu'il n'était pas jugé. Quand il est entré pour la première fois dans la salle d'audience, il était visiblement inquiet. Il avait certainement peur. Pas du procès qu'on allait lui faire : du public qui allait l'entourer. Il était trop fin pour ne pas savoir qu'il n'avait que l'habitude de la solitude. La prison ne le changeait pas ; le prétoire oui. Il n'a repris de l'assurance qu'au fur et à mesure où il a eu à se montrer, à faire face. Pendant l'interrogatoire, il se disait : « C'est simple : je sais qui je suis. » Ses réponses sont claires, nettes, intelligentes. On a dit alors, il est intelligent. Il montre en effet l'intelligence de ceux qui, disant la vérité, ne se trompent pas. Il ne cherche pas à montrer aux jurés un autre visage que le sien. « Vous êtes rude et primitif. — Oui. — Vous êtes coléreux ? — Quand il le fallait. — Susceptible ? — Oui. — Égoïste ? — Je ne crois pas. — Vantard ? — Oui. » Il reprend parfois le président avec un sourire qui n'est pas pour le président, qui n'est pas pour le public : qui est pour lui, et c'est pourquoi ce sourire est ironique. C'est le sourire qui accompagne la question qu'il se pose en son for intérieur : « Comment faire comprendre à cet homme habillé de rouge qu'il se trompe ? Que c'est ça et que ce n'est pas ça ? Que je suis vantard et que je ne me vante pas ? Qu'il a bien fallu que je sois égoïste en ne l'étant pas ; que la colère, ça n'est pas du tout ce qu'il croit ; que je suis rude et primitif mais fin comme l'ambre ; que je suis intelligent et bête comme mes pieds ? Il aurait fallu que cet homme habillé de rouge ait vécu pendant des années à Brunet en y élevant une famille, sans l'aide de l'État, sans l'aide de personne, livré à ses propres ressources. Car, ce dont on fait le compte à présent : rude, primitif, coléreux, susceptible, égoïste, vantard, c'est le compte de mes ressources. Il a bien fallu que j'en aie puisque non seulement j'ai vécu, mais encore j'ai élevé ma famille. »

Il s'est posé cette question tout le long du procès, jusqu'à avoir à la fin ces gestes désabusés qui signifiaient : « Ce que vous dites me dépasse ; ce que je pourrais vous dire vous dépasserait. À quoi bon ! » Et il se rencoignait entre ses gendarmes.

Il a quitté Brunet pour Ganagobie. Quand on va maintenant à Ganagobie, c'est pour quelques heures, et on choisit son jour. C'est un site admirable. Les bénédictins y ont une abbaye. Depuis un an et demi on monte à Ganagobie par une route parfaite.

C'est devenu un lieu de pique-nique. « C'est dire que c'est beau » vous diront ceux qui sont allés y manger du pâté de grives sur l'herbe. Certes, c'est beau. C'était encore plus beau avant la route.

Ce plateau, rond comme un plateau de garçon de café et guère plus grand, porte, à cent mètres au-dessus du lit extravagant de la Durance, des terres qui viennent à peine d'émerger du déluge. Une forêt d'yeuses toute neuve s'y épanouit. C'était un habitat gallo-romain ; il en reste une hutte de pierres sèches et les décombres d'un village. L'abbaye elle-même est en ruines autour de son cloître resté intact. Restée intacte aussi l'église de l'abbaye, son porche roman cent mille fois photographié et qui tire des cris d'admiration même à ceux qui ne croient d'ordinaire qu'aux matches de football.

Mais il y a seulement trois ou quatre ans, avant les travaux de la route « touristique », c'était un lieu qu'on n'atteignait qu'après quatre kilomètres de montée abrupte par des chemins dits raccourcis. Autant dire qu'il n'y montait que des « spécialistes ».

Celui qui est ému à Ganagobie par les vestiges de la foi ou par les vestiges de l'histoire doit aller, à mon avis, se pencher au rebord nord du plateau, sur les fonds qui séparent Ganagobie de la montagne de Lure. Il dominera le plan cavalier d'une sauvagerie sans exemple.

Passer de Brunet à Ganagobie, c'est monter en grade dans la solitude. Quand l'accusé sortait de sa petite étable de Brunet, en tête de son petit troupeau de moutons, il prenait obligatoirement le chemin qui monte au plateau de Valensole. C'est là-haut qu'il y avait le pâturage (ce mot donne une idée fausse de ce qu'on appelle en haute Provence le pâturage des petits troupeaux. Ce n'est pas vert : c'est gris, c'est fait de thym et de chardons). Une fois là-haut, donc, appuyé sur son bâton, l'accusé pouvait porter son regard et son désir sur la riche plaine de la Durance dont la partie la plus grasse était étalée sous ses yeux, et sur les hauteurs crépelées de noir des contreforts de la montagne de Lure dont Ganagobie. Il pouvait choisir : descendre du côté de Manosque, faire sa petite pelote ; laisser rouler ensuite cette petite pelote jusqu'en Vaucluse où la terre est plate et le légume charnu, et, de pelote en pelote... ou alors monter. Mais, si on choisit de monter, on ne peut plus rien laisser rouler, il faut pousser au contraire.

Et cependant, ce n'est pas un solitaire de vocation. Il aime la compagnie, c'est visible. Il est fait pour la famille. On a dit un clan. Non : une famille, simplement et, reconnaissez l'évidence, une famille unie comme j'en connais des centaines, unies pour les mêmes raisons qui unissent celle-là, c'est-à-dire tout bêtement parce que le père est un vrai père de famille. Maintenant, dans les fils, quand ils grandissent, quand ils se marient surtout, ou quand ils ont formé leurs caractères en opposition à celui du père et qu'ils trouvent des armes dans d'autres influences, on a parfois des surprises.

Après Ganagobie, l'accusé se fixe à la Grand-

Terre. On me dira : « Il descend. » Ganagobie est cent mètres plus haut que la Grand-Terre. Comparée à Brunet ou à Ganagobie, la Grand-Terre, en effet, c'est Babylone. La grand'route ! Le chemin de fer ! Mais, malgré le nom qu'elles portent, les terres de la Grand-Terre ne sont pas grandes. Au surplus, elles sont étranglées entre cette grand'route et le chemin de fer. Un paysan *moderne* ne les choisirait pas. Un paysan *moderne* foutrait le camp à toute vitesse vers les plaines, trente kilomètres plus bas. La Grand-Terre a été sans aucun doute choisie parce qu'elle était à la taille de l'argent dont l'accusé disposait à cette époque ; elle a été choisie le plus près possible des lieux où il avait ses habitudes et son bonheur. Ce qui revient à dire qu'il n'a pas habité Brunet ou Ganagobie par force, mais par goût. À dix mètres des murs de la Grand-Terre, de l'autre côté de la route, les bois de Ganagobie commencent.

Or, sans qu'il s'en soit douté, l'accusé, en venant à la Grand-Terre, a fait un pas de géant. Pendant qu'il vivait une vie satisfaite dont les frontières étaient les murs de sa maison, le monde qui n'est pas fait que de Brunet et de Ganagobie vivait d'une vie sociale. La Grand-Terre est à côté de la gare de Lurs. Cette gare est maintenant fermée au trafic des voyageurs. Aussi bien, n'est-ce pas de ces voyageurs qu'il s'agit. Mais ils donnaient de l'animation et on remarquait la gare. Maintenant, on ne la remarque plus. Elle continue à être cependant l'aboutissement d'un téléférique qui transporte le charbon des mines de Sigonce dans des wagonnets suspendus. Cette gare est donc comme une annexe des mines. Et là, on vit dans le social et on est obligé de s'organiser pour vivre dans le social.

Alors que l'accusé n'avait jusqu'à présent besoin que de s'organiser lui-même pour vaincre la solitude et vivre en économie fermée (il continue d'ailleurs à le faire à la Grand-Terre) ses fils entrent en contact avec un monde bien différent de celui dans lequel ils vivaient jusqu'à présent. La génération des fils est rarement d'accord avec la génération des pères et vice versa. Sans doute, n'ont-ils que médiocrement goûté la vie de Brunet, de Ganagobie ? Sans doute se sont-ils demandé pourquoi on ne descendait pas vers les plaines faciles, pourquoi on restait dans les cantons sauvages ? C'est pendant cette période que l'accusé a dû être le maître, ou a dû en prendre la figure vis-à-vis de ses fils. Il a commandé, il a imposé son choix à sa famille. C'est de son attitude de ce moment-là que lui est restée peut-être l'étiquette de *maître*. Peut-être a-t-il été alors obligé de corriger pour imposer sa loi à ses fils qui ne le comprenaient pas et qu'il ne comprenait plus. Hypothèses, mais logiques. Ce qui est certain c'est que, même dans une famille où, par dispositions particulières, on s'aime et on se comprend, ces différends existent.

Avec le social vient la politique, le parti politique. Si par surcroît on se marie dans cette politique, voilà des fils bien séparés du père. Je ne veux expliquer pour l'instant que cette séparation.

Les filles ne se séparent pas de la famille, et du père en particulier. D'abord, la sauvagerie de Brunet et de Ganagobie les a plus étroitement verrouillées dans la famille du fait que ce sont des femmes, du fait aussi qu'elles avaient moins voix au chapitre. Une est un peu folichonne, a du poivre aux fesses, couche avec les gendarmes. Cela arrive à des gens très bien. L'accusé en rigole. Cette évaporée est fâchée avec l'accusé. Elle le dit à la barre. On lui demande pourquoi. Elle tergiverse. On finit par en tirer que le père « a mal parlé d'elle ». L'accusé met les choses au point. Il n'a pas mal parlé d'elle, il en a simplement parlé, mais il a bien été obligé de dire (dit-il) qu'on l'a trouvée couchée avec *quelqu'un* dans la paille (ce quelqu'un est un gendarme : motus). « C'est ton mari qui m'en a parlé le premier, poursuit l'accusé. Il voulait te frotter les oreilles. Je lui ai dit : "Ne

décrie pas le vin que tu seras obligé de boire." »
Malgré tout, cette femme n'accuse pas son père d'autre chose que d'avoir mal parlé d'elle. Et cependant, elle aurait peut-être, elle, des raisons d'accuser son père, *même à tort*. Elle aurait, elle, des raisons de dire : « C'est mon père qui a tué les Anglais » *même si ce n'est pas vrai*. Non pas à cause du gendarme, à cause de son propre fils, à elle.

Déjà avec cette fille-là, nous sommes loin de l'atmosphère à la Gustave Doré, loin de Digne vers 1877, loin de Brunet. Elle se farde, elle se nippe, elle se parfume, se fait les lèvres, porte des talons hauts, avec gaucherie mais résolution. C'est la paysanne travestie. Ce n'est pas tout à fait la paysanne pervertie, mon Dieu ! Le fait de se vautrer dans la paille, même avec un ou des représentants de l'autorité, n'est pas une perversion très inquiétante. Ce qui est inquiétant, c'est son fils. Celui-là est un produit curieux. Il échappe à l'analyse ; c'est un produit nouveau. C'est un mélange de jeunesse, d'abord (il a vingt ans), de paysannerie, de bourgeoisie, de prolétariat. Il a à la fois écouté parler l'accusé (qui est son grand-père), sa mère, ses oncles et le téléférique. Il est paysan, mais... bourgeois, mais... prolétaire, mais... Cette bouillie pour les chats a été au surplus brassée par la guerre, l'Occupation, la Libération, la propagande politique, la revendication sociale infantile. Ce qu'il pourrait être est à chaque instant modifié par ce qu'il est en même temps. Finalement, il ne s'y reconnaît plus lui-même, et il dissimule son propre désarroi sous des sourires auxquels on comprend encore moins. Une seule chose évidente : il n'a pas de conscience. Il ne croit à aucune responsabilité. Il se dit que tout est permis pourvu que tout soit caché. Pas vu pas pris. N'être pas pris lui donne raison. Faire et dissimuler est son habitude, plus : sa raison d'être. De là, une capacité de mensonge qui coupe le souffle. Il ment d'une façon régulière, continue, définitive. Il ment comme on fait des globules rouges. Ses oncles l'aiment beaucoup.

L'autre fille est restée « d'origine » si on peut dire. On la voit à Brunet. Elle pourrait y vivre actuellement sans effort. Elle défend son père avec véhémence.

Des fils auxquels il faut maintenant revenir, un l'accuse, l'autre dit qu'il est innocent ou, plus exactement, un continue à l'accuser, l'autre qui a accusé son père le premier revient sur ses accusations. Tout ce que j'ai dit des caractères est valable pour ces deux hommes. Mais leur génération et l'acide des époques traversées a modifié ces caractères. À l'origine (je parle des dix à quinze premières années de leur existence) ils ont dû être spirituellement d'accord (si on peut parler d'esprit) avec leur père. C'est-à-dire, pour préciser, qu'ils ne voyaient pas plus loin que la vie que leur père menait et leur faisait mener. Ensuite, eh bien, il y a eu l'ère de prospérité de 1920 à 1938 ; ils commençaient leurs vies, ils n'avaient aucune des raisons de leur père pour dédaigner tout ce que cette ère de prospérité leur proposait ; il y a eu le mariage, c'est-à-dire l'influence d'un milieu différent de celui dans lequel ils avaient vécu ; il y a eu la guerre de 39, l'Occupation, le patriotisme et l'utilisation du patriotisme à des fins égoïstes, l'anarchie de la Libération.

Que reste-t-il de leur caractère d'origine ? J'ai attentivement regardé le fils accusateur au procès. Je vais dire mon sentiment personnel. Je vais donc être parfaitement subjectif ; j'en préviens le lecteur. Dans cette affaire où l'honneur de plusieurs personnes, la vie d'un homme et peut-être la vie de plusieurs hommes sont en jeu, les hypothèses doivent être signalées comme hypothèses. Tout cet essai d'explication des caractères est hypothèse (c'est pourquoi je l'ai soigneusement séparé des notes objectives prises pendant les audiences) ; l'essai de compréhension du fils accusateur est encore plus hypothétique. Je ne fais plus un résumé des faits, je fais un résumé de mon expérience.

À voir ce fils accusateur, visage loyal, je me

suis dit : « Il se présente bien. » Visage loyal, comme l'accusé d'ailleurs (et on a dit de celui-là aussi : il se présente bien) : épaules carrées, bien planté, regard droit, tout plaide en sa faveur. Quand il répète devant tout le monde les accusations contre son père, il le fait d'une voix égale (dans laquelle certains aimeraient — et peut-être moi tout le premier —, un peu d'émotion sans excès). Cela paraît frappé au coin de la vérité (c'est peut-être la vérité). Pourtant, je ne me sens pas à l'aise. Est-ce la monstruosité de l'accusation qu'il porte ainsi froidement qui me glace ? Cependant, s'il dit vrai, il fait son devoir dans des conditions difficiles et il le fait — j'allais écrire dignement — non, il le fait complètement. C'est déjà pas mal. Il y a je ne sais quoi qui sonne faux dans son attitude, dans sa parole (qui est trop vraie). Peut-être, est-ce seulement le faux qui est dans chaque homme qui se montre, qu'il n'a plus loisir de masquer, tout occupé qu'il est à dire cette vérité si dure ? Cette vérité, pendant qu'il la dit, voilà que je pense irrésistiblement à son neveu, le menteur parfait. Ces deux êtres me paraissent superposables. Ce fils accusateur a le visage que le menteur parfait aura dans vingt-cinq ans, surtout si, pendant cette période il a été, pendant quelque temps, un « caïd ».

J'ai l'impression aussi que, pour ce fils, le père est quantité négligeable.

Dans un numéro dont je ne retrouve pas la date, mais qui doit être des derniers jours du procès, *l'Illustré* a publié de l'autre fils (celui qui revient sur son accusation) une photographie extraordinaire. C'est même la photographie la plus belle de toutes les photographies du procès. Je n'en ai pas vu de plus émouvante et d'une émotion qui aide à comprendre. L'objectif a saisi ce second fils au moment où il va entrer dans la salle d'audience. Il tient devant lui sa mère comme un bouclier, semble-t-il (et cependant on sent que ses mains sont tendres). Il a à côté de lui sa femme et autour de lui des étrangers et un gendarme casqué. Tous les visages sont tendus, tous les yeux sont éperdument ouverts, sauf les siens. Il a fermé les yeux, il détourne le visage. Il n'est pas aveuglé par les flashes : il est aveuglé par sa croix. Il est très exactement en train de dire : « Éloignez de moi ce calice. »

Cette photographie est très importante car cet homme est pour moi le centre du mystère. Tout le monde a l'impression qu'il sait, et je crois qu'il sait. Qui est-il ?

L'indulgence répond : un faible. Un lâche ? Oui. Un être sur lequel les vices et les vertus ont une prise énorme, sans aucun doute. Au cours de son interrogatoire, il dira bêtement cette abomination : « Quand j'ai trouvé la petite morte, j'ai cru que c'étaient les parents qui l'avaient tuée. » C'est abominable mais c'est idiot, car ce n'est pas du tout ce qu'il a pensé, ni même ce qu'il a pu penser. Il a pensé autre chose qu'il ne dit pas. Ou peut-être n'avait-il rien à penser ? Dans sa jeunesse, il a été le fils obéissant, sûrement. Pour ce fils-là, le père n'est pas quantité négligeable, au contraire. Le père compte : en bien, en mal ? On ne sait pas. La seule chose qui soit certaine c'est que, pour cet homme, le père compte. Il lui dit *vous*, il lui dit *père*. Il dit : « Non père, ce n'est pas vous, je le sais » (or, il a été le premier à dire à la police : « C'est mon père »). Le fils accusateur s'adressant à l'accusé qui le prend à partie répond (avec un rien de hargne) : « Oui c'est toi, oui c'est toi ! » (Or, ce fils accusateur n'a fait que répéter les accusations du fils qui maintenant dit : « Non, père, ce n'est pas vous, je le sais »).

Nous sommes ici encore en présence d'un produit nouveau. À aucun moment du procès on n'a parlé de sensibilité. Comme je l'ai fait pour l'accusé tout à l'heure, je veux en parler, moi, à propos de cet homme. Si je le fais, c'est qu'au cours d'une audience il y a eu deux minutes extraordinaires. Tout le monde a écouté avec attention, tout le monde a entendu, on s'en souvient, on n'en a pas tiré un enseignement (or, on a insisté sur le caractère *psychologique* des enquêteurs policiers).

Voilà ces deux minutes. L'accusé est debout. Il est en plein débat avec le président, ses fils et une de ses filles qui sont à la barre. Débat assez monté de ton. Brusquement l'accusé se détourne et du président et de sa famille. Il regarde du côté du procureur. Il ne regarde pas le procureur, il regarde dans le vide. Il regarde exactement les murs du tribunal. Et il parle. Il ne s'adresse à personne. C'est un monologue gratuit. Dès les premiers mots, tout le monde se tait et écoute. Et là, en sept ou huit phrases (que je n'ai pas notées, hélas ! saisi moi-même par l'étrange émotion, soudain bien différente de celle qui nous avait occupés jusque-là) en sept ou huit phrases extrêmement simples et composées avec les mots d'un vocabulaire restreint à l'extrême, l'accusé parle de sa vie bucolique. Le mot est à sa place : c'était aussi beau que du Virgile. Cela commençait par : « Moi, on m'a pris comme un mouton dans la bergerie », etc.

J'admets bien volontiers qu'on n'est pas aux assises pour faire du poème en prose. Néanmoins, ce poème qui vient là comme un cheveu sur la soupe, il vient bien de quelque part dans ce vieux bonhomme. Si pour certaines de ses réponses, de ses attitudes, on pouvait prétendre qu'on les lui avait soufflées, suggérées, qu'il récitait une leçon, jouait un rôle, là nous sommes à un moment de vérité absolue et gratuite ; là, il est incontestablement lui-même. Personne n'a pu lui dire de faire brusquement Virgile, à ce moment qu'on ne pouvait prévoir, avec ce talent qu'on ne pouvait soupçonner. Je n'en déduis pas qu'il est innocent : j'en déduis qu'il est sensible. Je ne fais pas son procès : je fais une étude de caractère.

Je ne fais pas le procès non plus de ce fils qui accuse le premier, puis se rétracte. Je cherche seulement à savoir qui il est. Une partie de ce que je cherche lui vient sûrement de son père ; a été modifiée ensuite par les événements de sa vie : guerre, Occupation, Résistance (dont il a fait partie, paraît-il), politique, mariage, etc. Il a acquis des idées, il en a perdu d'autres. Il semble bien cependant qu'il a hérité de la sensibilité de son père (Éloignez de moi ce calice). Mais le père a une sensibilité de solitaire. Ce fils a la sensibilité de ceux qui n'agissent qu'en troupe. Il a besoin d'avoir quelqu'un près de lui. Sa mère (qu'il tient tendrement devant lui comme un bouclier), son père (qu'il n'accuse plus ou qu'il n'ose plus accuser dès qu'il est en sa présence), son parti politique, sa femme. La sensibilité s'occupe de beaucoup de choses dans un corps humain. Parfois même de choses défendues. Il a eu peut-être un jour une très grande liberté d'action dans cet ordre d'idées. Je ne sais pas, je ne connais pas cette partie de sa vie qui a pu modifier sa sensibilité naturelle.

À un moment donné, le fils qui continue à accuser et celui qui se rétracte ont été rois. Cela se sent. Pas rois de la terre, rois de quelque chose de très important. Il leur en reste une sorte de hauteur, d'étonnement d'être là dans la salle des assises.

Une qui s'en étonne encore plus et qui ne s'en cache pas, c'est la femme de ce fils sensible. Elle est, quoique jeune, dure, nette, *préparée*. Elle n'admet pas. Quoi ? Toute cette cour d'assises, ces gendarmes, ces questions qu'on pose. Elle se retient visiblement, sinon elle répondrait : « De quel droit m'interrogez-vous ? » Elle a quelque chose à dire au président, cela ne fait aucun doute. Elle ne le dira pas, mais elle se le reproche. C'est : « Votre place est où je suis et ma place est où vous êtes. » Elle a cependant un charmant sourire à l'adresse du vieux bonhomme qui est au banc des accusés. Mélange de fabrication et de vérité. Le sourire c'est la vérité. Le vieux bonhomme n'y répond pas. Et pourtant, jusqu'à présent, il n'a pas été gâté par les manifestations de tendresse de ses proches. On a voulu voir dans cet échange de bons procédés (à peine bons) le salut de la maîtresse montante au maître descendant. C'est voir à côté. Le ton homérique que prennent naturellement tous ces gens est simplement le ton verbal de la race. Pour les coutumes, beaucoup d'eau a passé sous les ponts. Il y a belle lurette que les maîtres absolus ont été dégommés. Que cette jeune femme fraîche, désirable et qui tient visiblement son mari en lisière, ait l'ambition d'être la maîtresse de la ferme, c'est normal, mais il y a longtemps que c'est fait. C'est une affaire d'oreiller. Il n'est pas nécessaire de faire risette au grand-père. Le lendemain de la nuit de noces, c'était fait. Il ne restait plus qu'à doser les choses.

La fin de non-recevoir de l'accusé n'est pas d'origine homérique. Je viens de dire que cette jeune femme était préparée. Dans mes notes d'audience, j'ai écrit que c'était une dinde. Et c'en est une de toute évidence : tout ce qu'elle sait faire de son propre chef, si on peut dire, c'est se servir de ce que le bon Dieu lui a donné pour tenir son mari en bride et faire son beurre. Là elle n'a besoin des conseils de personne. Pour tout le reste, son père doit être quelqu'un. Cette jeune femme est l'extrême pointe d'une pyramide de gros blocs bien solides, bien jointoyés, bien organisés. Elle est assez en l'air dans cette salle d'audience ; elle pourrait avoir le vertige : elle ne l'a pas ; elle se sent solidement soutenue ; si dégagée de toute responsabilité, si bien à l'abri de tous dangers, qu'après sa déposition elle ira s'asseoir dans la salle pour y lire tranquillement : *Quand l'amour vaincra.*

Ce n'est pas à la tendresse que l'accusé ne

répond pas. Malgré toute sa finesse, il ne peut pas comprendre ce sourire. La jeune femme y met de la tendresse, pour nous c'est visible ; pour lui, non. Il la connaît mieux que nous ; il connaît l'organisation. Nous sommes loin d'Homère.

Nous sommes au contraire dans Homère quand on introduit la femme de l'accusé. Je ne pouvais pas savoir qui elle était avant de l'avoir vue. La société paysanne des régions que j'ai décrites a des femmes plus subtiles que ne sont les hommes. Eux, ils sont taillés sur le même patron et les différences de personnalités ne provoquent que des irisations de caractères. La solitude, les éléments, la vie, finissent par donner chez les uns et les autres les mêmes résultats. Elles, au contraire, sont, à chaque instant, modifiées par l'intérieur. D'abord, dans leur jeune âge, elles sont au centre sensible du ménage, à côté de la mère ; puis, elles sont des foyers de désirs : les leurs et ceux des autres qu'elles sentent fort bien. C'est l'élément autour duquel se cristallise le foyer, et le foyer, c'est la ferme, les champs, la famille. L'homme, avant le mariage, lutte pour acquérir des forces et des biens. La femme lutte pour acquérir l'homme qui possède cette force et ces biens. De là les différences — je parle, bien entendu, de ce qui se passait en 1877.

Essai sur le caractère des personnages

La femme de l'accusé entre dans la salle des assises. C'est Hécube. Une petite femme noire, torréfiée jusqu'à l'os ; reste un visage où les rides sont si nombreuses qu'elles font comme rayonner les cendres de la peau. Deux grands yeux largement ouverts. Elle vient à la barre des témoins et, sans qu'on l'y invite, elle s'asseoit. Et je suis satisfait qu'elle se soit assise de son propre chef, comme une reine qui sait son droit. C'est autre chose que le droit que s'imaginait avoir la jeune femme qui l'a précédée. C'est un vrai droit.

Elle regardera le président qui l'interroge. Elle répondra par oui et non, sans phrases. Elle a encore moins de mots à sa disposition pour s'exprimer que l'accusé, mais elle s'exprime magnifiquement. Nous n'avons pas besoin de plus.

On a joué dans le public avec une expression de l'accusé : « la vieille sardine ». Ces mots ont été prononcés quand ? Comment ? Où ? On ne nous le dit pas. On nous pousse à croire que l'accusé insultait sa femme (si c'est une insulte. On va jusqu'à prétendre qu'il a choisi la prison comme on choisit le divorce, pour la fuir).

Ils sont là maintenant tous les deux devant nous, ensemble, quoique séparés par des gendarmes, et on ne peut plus croire ni à l'insulte ni à la fariboles. Lui s'est penché en avant. Il la regarde passionnément. C'est un passionnément de 1877 et de sa race paysanne. Cela ne signifie pas qu'il fait montre de sentiments extraordinaires. Non, il est penché en avant, il la regarde, il la boit des yeux, mais paisiblement. Il écoute les oui et les non qu'elle prononce. Elle affirme qu'il a toujours été très gentil pour elle, qu'elle a été très heureuse avec lui (a-t-il été sourd, muet et aveugle comme elle le lui avait conseillé à l'époque de leur mariage ? Elle était une jeune femme, alors ; elle est une très vieille femme maintenant et elle connaît l'usage de l'eau dans le vin).

Je ne tire aucune conclusion en ce qui concerne le crime. L'accusé est peut-être coupable. Cela n'a rien à voir avec la vérité que j'ai essayé de chercher dans ces caractères.

Quand on a terminé son interrogatoire, très court, Hécube va s'asseoir dans le public. Peu après, l'audience est suspendue. Dans le brouhaha qui suit, la vieille femme monte sur une chaise pour revoir son mari qu'on emmène, et elle pleure.

Il faudrait également pouvoir parler des jurés.

1er janvier 1955

À l'aube du 5 août 1952...   11

Notes sur l'affaire Dominici   13

Essai sur le caractère des personnages   71

DÉCOUVREZ LES FOLIO 2 €

Parutions de janvier 2009

Julian BARNES — *À jamais* et autres nouvelles
Trois nouvelles savoureuses et pleines d'humour du plus francophile des écrivains britanniques.

John CHEEVER — *Une Américaine instruite* précédé de *Adieu, mon frère*
John Cheever pénètre dans les maisons de la *middle class* américaine pour y dérober les secrets inavouables et nous les dévoile pour notre plus grand bohneur de lecture.

COLLECTIF — *« Que je vous aime, que je t'aime ! » Les plus belles déclarations d'amour*
Vous l'aimez. Elle est tout pour vous – il est le Prince charmant, mais vous ne savez pas comment le lui dire ? Ce petit livre est pour vous !

André GIDE — *Souvenirs de la cour d'assises*
Dans ce texte dense et grave, Gide s'interroge sur la justice et son fonctionnement, mais surtout insiste sur la fragile barrière qui sépare les criminels des honnêtes gens.

Jean GIONO — *Notes sur l'affaire Dominici* suivi de *Essai sur le caractère des personnages*
Dans ce témoignage pris sur le vif d'une justice qui tâtonne, Giono soulève des questions auxquelles personne, à ce jour, n'a encore répondu...

Jean de LA FONTAINE — *Comment l'esprit vient aux filles* et autres contes libertins
Hardis et savoureux, les *Contes* de La Fontaine nous offrent une subtile leçon d'érotisme où style et galanterie s'unissent pour notre plus grand plaisir...

J. M. G. LE CLÉZIO — *L'échappé* suivi de *La grande vie*
Deux nouvelles sobres et émouvantes pour découvrir l'univers de J. M. G. Le Clézio, prix Nobel de littérature 2008.

Yukio MISHIMA — *Papillon* suivi de *La lionne*
Dans ces deux nouvelles sobres et émouvantes, le grand romancier japonais explore différentes facettes de l'amour et de ses tourments.

John STEINBECK   *Le meurtre* et autres nouvelles
Dans un monde d'hommes, rude et impitoyable, quatre portraits de femmes fortes par l'auteur des *Raisins de la colère*.

VOLTAIRE   *L'Affaire du chevalier de la Barre*
précédé de *L'Affaire Lally*
Directement mis en cause dans l'affaire du chevalier de La Barre, Voltaire s'insurge et utilise sa meilleure arme pour dénoncer l'injustice : sa plume.

Dans la même collection

R. AKUTAGAWA — *Rashômon* et autres contes (Folio n° 3931)

AMARU — *La Centurie. Poèmes amoureux de l'Inde ancienne* (Folio n° 4549)

P. AMINE — *Petit éloge de la colère* (Folio n° 4786)

M. AMIS — *L'état de l'Angleterre* précédé de *Nouvelle carrière* (Folio n° 3865)

H. C. ANDERSEN — *L'elfe de la rose* et autres contes du jardin (Folio n° 4192)

ANONYME — *Conte de Ma'rûf le savetier* (Folio n° 4317)

ANONYME — *Le poisson de jade et l'épingle au phénix* (Folio n° 3961)

ANONYME — *Saga de Gísli Súrsson* (Folio n° 4098)

G. APOLLINAIRE — *Les Exploits d'un jeune don Juan* (Folio n° 3757)

ARAGON — *Le collaborateur* et autres nouvelles (Folio n° 3618)

I. ASIMOV — *Mortelle est la nuit* précédé de *Chante-cloche* (Folio n° 4039)

S. AUDEGUY — *Petit éloge de la douceur* (Folio n° 4618)

AUGUSTIN (SAINT)	*La Création du monde et le Temps* suivi de *Le Ciel et la Terre* (Folio n° 4322)
J. AUSTEN	*Lady Susan* (Folio n° 4396)
H. DE BALZAC	*L'Auberge rouge* (Folio n° 4106)
H. DE BALZAC	*Les dangers de l'inconduite* (Folio n° 4441)
É. BARILLÉ	*Petit éloge du sensible* (Folio n° 4787)
T. BENACQUISTA	*La boîte noire* et autres nouvelles (Folio n° 3619)
K. BLIXEN	*L'éternelle histoire* (Folio n° 3692)
BOILEAU-NARCEJAC	*Au bois dormant* (Folio n° 4387)
M. BOULGAKOV	*Endiablade* (Folio n° 3962)
R. BRADBURY	*Meurtres en douceur* et autres nouvelles (Folio n° 4143)
L. BROWN	*92 jours* (Folio n° 3866)
S. BRUSSOLO	*Trajets et itinéraires de l'oubli* (Folio n° 3786)
J. M. CAIN	*Faux en écritures* (Folio n° 3787)
MADAME CAMPAN	*Mémoires sur la vie privée de Marie-Antoinette* (Folio n° 4519)
A. CAMUS	*Jonas ou l'artiste au travail* suivi de *La pierre qui pousse* (Folio n° 3788)
A. CAMUS	*L'été* (Folio n° 4388)
T. CAPOTE	*Cercueils sur mesure* (Folio n° 3621)
T. CAPOTE	*Monsieur Maléfique* et autres nouvelles (Folio n° 4099)
A. CARPENTIER	*Les Élus* et autres nouvelles (Folio n° 3963)
C. CASTANEDA	*Stopper-le-monde* (Folio n° 4144)
M. DE CERVANTÈS	*La petite gitane* (Folio n° 4273)
R. CHANDLER	*Un mordu* (Folio n° 3926)

G. K. CHESTERTON	*Trois enquêtes du Père Brown* (Folio n° 4275)
E. M. CIORAN	*Ébauches de vertige* (Folio n° 4100)
COLLECTIF	*Au bonheur de lire* (Folio n° 4040)
COLLECTIF	*« Dansons autour du chaudron »* (Folio n° 4274)
COLLECTIF	*Des mots à la bouche* (Folio n° 3927)
COLLECTIF	*« Il pleut des étoiles »* (Folio n° 3864)
COLLECTIF	*« Leurs yeux se rencontrèrent... »* (Folio n° 3785)
COLLECTIF	*« Ma chère Maman... »* (Folio n° 3701)
COLLECTIF	*« Mon cher Papa... »* (Folio n° 4550)
COLLECTIF	*« Mourir pour toi »* (Folio n° 4191)
COLLECTIF	*« Parce que c'était lui ; parce que c'était moi »* (Folio n° 4097)
COLLECTIF	*Sur le zinc* (Folio n° 4781)
COLLECTIF	*Un ange passe* (Folio n° 3964)
COLLECTIF	*1, 2, 3... bonheur !* (Folio n° 4442)
CONFUCIUS	*Les Entretiens* (Folio n° 4145)
J. CONRAD	*Jeunesse* (Folio n° 3743)
J. CONRAD	*Le retour* (Folio n° 4737)
B. CONSTANT	*Le Cahier rouge* (Folio n° 4639)
J. CORTÁZAR	*L'homme à l'affût* (Folio n° 3693)
J. CRUMLEY	*Tout le monde peut écrire une chanson triste* et autres nouvelles (Folio n° 4443)
D. DAENINCKX	*Ceinture rouge* précédé de *Corvée de bois* (Folio n° 4146)
D. DAENINCKX	*Leurre de vérité* et autres nouvelles (Folio n° 3632)

D. DAENINCKX	*Petit éloge des faits divers* (Folio n° 4788)
R. DAHL	*Gelée royale* précédé de *William et Mary* (Folio n° 4041)
R. DAHL	*L'invité* (Folio n° 3694)
R. DAHL	*Le chien de Claude* (Folio n° 4738)
S. DALI	*Les moustaches radar (1955-1960)* (Folio n° 4101)
M. DÉON	*Une affiche bleue et blanche* et autres nouvelles (Folio n° 3754)
R. DEPESTRE	*L'œillet ensorcelé* et autres nouvelles (Folio n° 4318)
R. DETAMBEL	*Petit éloge de la peau* (Folio n° 4482)
P. K. DICK	*Ce que disent les morts* (Folio n° 4389)
D. DIDEROT	*Lettre sur les aveugles à l'usage de ceux qui voient* (Folio n° 4042)
F. DOSTOÏEVSKI	*La femme d'un autre et le mari sous le lit* (Folio n° 4739)
R. DUBILLARD	*Confession d'un fumeur de tabac français* (Folio n° 3965)
A. DUMAS	*La Dame pâle* (Folio n° 4390)
M. EMBARECK	*Le temps des citrons* (Folio n° 4596)
S. ENDO	*Le dernier souper* et autres nouvelles (Folio n° 3867)
ÉPICTÈTE	*De la liberté* précédé de *De la profession de Cynique* (Folio n° 4193)
W. FAULKNER	*Le Caïd* et autres nouvelles (Folio n° 4147)
W. FAULKNER	*Une rose pour Emily* et autres nouvelles (Folio n° 3758)
C. FÉREY	*Petit éloge de l'excès* (Folio n° 4483)
F. S. FITZGERALD	*L'étrange histoire de Benjamin Button* suivi de *La lie du bonheur* (Folio n° 4782)

F. S. FITZGERALD	*La Sorcière rousse* précédé de *La coupe de cristal taillé* (Folio n° 3622)
F. S. FITZGERALD	*Une vie parfaite* suivi de *L'accordeur* (Folio n° 4276)
É. FOTTORINO	*Petit éloge de la bicyclette* (Folio n° 4619)
C. FUENTES	*Apollon et les putains* (Folio n° 3928)
C. FUENTES	*La Desdichada* (Folio n° 4640)
GANDHI	*La voie de la non-violence* (Folio n° 4148)
R. GARY	*Une page d'histoire* et autres nouvelles (Folio n° 3753)
MADAME DE GENLIS	*La Femme auteur* (Folio n° 4520)
J. GIONO	*Arcadie... Arcadie...* précédé de *La pierre* (Folio n° 3623)
J. GIONO	*Prélude de Pan* et autres nouvelles (Folio n° 4277)
V. GOBY	*Petit éloge des grandes villes* (Folio n° 4620)
N. GOGOL	*Une terrible vengeance* (Folio n° 4395)
W. GOLDING	*L'envoyé extraordinaire* (Folio n° 4445)
W. GOMBROWICZ	*Le festin chez la comtesse Fritouille* et autres nouvelles (Folio n° 3789)
H. GUIBERT	*La chair fraîche* et autres textes (Folio n° 3755)
E. HEMINGWAY	*L'étrange contrée* (Folio n° 3790)
E. HEMINGWAY	*Histoire naturelle des morts* et autres nouvelles (Folio n° 4194)
E. HEMINGWAY	*La capitale du monde* suivi de *L'heure triomphale de Francis Macomber* (Folio n° 4740)
C. HIMES	*Le fantôme de Rufus Jones* et autres nouvelles (Folio n° 4102)

E. T. A. HOFFMANN	*Le Vase d'or* (Folio n° 3791)
J. K. HUYSMANS	*Sac au dos* suivi de *À vau l'eau* (Folio n° 4551)
P. ISTRATI	*Mes départs* (Folio n° 4195)
H. JAMES	*Daisy Miller* (Folio n° 3624)
H. JAMES	*Le menteur* (Folio n° 4319)
JI YUN	*Des nouvelles de l'au-delà* (Folio n° 4326)
T. JONQUET	*La folle aventure des Bleus...* suivi de *DRH* (Folio n° 3966)
F. KAFKA	*Lettre au père* (Folio n° 3625)
J. KEROUAC	*Le vagabond américain en voie de disparition* précédé de *Grand voyage en Europe* (Folio n° 3694)
J. KESSEL	*Makhno et sa juive* (Folio n° 3626)
R. KIPLING	*La marque de la Bête* et autres nouvelles (Folio n° 3753)
N. KUPERMAN	*Petit éloge de la haine* (Folio n° 4789)
J.-M. LACLAVETINE	*Petit éloge du temps présent* (Folio n° 4484)
LAO SHE	*Histoire de ma vie* (Folio n° 3627)
LAO SHE	*Le nouvel inspecteur* suivi de *Le croissant de lune* (Folio n° 4783)
LAO-TSEU	*Tao-tö king* (Folio n° 3696)
V. LARBAUD	*Mon plus secret conseil...* (Folio n° 4553)
J. M. G. LE CLÉZIO	*Peuple du ciel* suivi de *Les bergers* (Folio n° 3792)
J. LONDON	*La piste des soleils* et autres nouvelles (Folio n° 4320)
P. LOTI	*Les trois dames de la Kasbah* suivi de *Suleïma* (Folio n° 4446)
H. P. LOVECRAFT	*La peur qui rôde* et autres nouvelles (Folio n° 4194)

H. P. LOVECRAFT	*Celui qui chuchotait dans les ténèbres* (Folio n° 4741)
P. MAGNAN	*L'arbre* (Folio n° 3697)
K. MANSFIELD	*Mariage à la mode* précédé de *La Baie* (Folio n° 4278)
MARC AURÈLE	*Pensées (Livres I-VI)* (Folio n° 4447)
MARC AURÈLE	*Pensées (Livres VII-XII)* (Folio n° 4552)
G. DE MAUPASSANT	*Apparition* et autres contes de l'étrange (Folio n° 4784)
G. DE MAUPASSANT	*Le Verrou* et autres contes grivois (Folio n° 4149)
I. MCEWAN	*Psychopolis* et autres nouvelles (Folio n° 3628)
H. MELVILLE	*Les Encantadas, ou Îles Enchantées* (Folio n° 4391)
P. MICHON	*Vie du père Foucault – Vie de Georges Bandy* (Folio n° 4279)
H. MILLER	*Lire aux cabinets* précédé de *Ils étaient vivants et ils m'ont parlé* (Folio n° 4554)
H. MILLER	*Plongée dans la vie nocturne…* précédé de *La boutique du Tailleur* (Folio n° 3929)
R. MILLET	*Petit éloge d'un solitaire* (Folio n° 4485)
S. MINOT	*Une vie passionnante* et autres nouvelles (Folio n° 3967)
Y. MISHIMA	*Dojoji* et autres nouvelles (Folio n° 3629)
Y. MISHIMA	*Martyre* précédé de *Ken* (Folio n° 4043)
M. DE MONTAIGNE	*De la vanité* (Folio n° 3793)
E. MORANTE	*Donna Amalia* et autres nouvelles (Folio n° 4044)
A. DE MUSSET	*Emmeline* suivi de *Croisilles* (Folio n° 4555)

V. NABOKOV	*Un coup d'aile* suivi de *La Vénitienne* (Folio n° 3930)
I. NÉMIROVSKY	*Ida* suivi de *La comédie bourgeoise* (Folio n° 4556)
P. NERUDA	*La solitude lumineuse* (Folio n° 4103)
G. de NERVAL	*Pandora* et autres nouvelles (Folio n° 4742)
F. NIWA	*L'âge des méchancetés* (Folio n° 4444)
G. OBLÉGLY	*Petit éloge de la jalousie* (Folio n° 4621)
F. O'CONNOR	*Un heureux événement* suivi de *La Personne Déplacée* (Folio n° 4280)
K. OÉ	*Gibier d'élevage* (Folio n° 3752)
J. C. ONETTI	*À une tombe anonyme* (Folio n° 4743)
L. OULITSKAÏA	*La maison de Lialia* et autres nouvelles (Folio n° 4045)
C. PAVESE	*Terre d'exil* et autres nouvelles (Folio n° 3868)
C. PELLETIER	*Intimités* et autres nouvelles (Folio n° 4281)
P. PELOT	*Petit éloge de l'enfance* (Folio n° 4392)
PIDANSAT DE MAIROBERT	*Confession d'une jeune fille* (Folio n° 4392)
L. PIRANDELLO	*Première nuit* et autres nouvelles (Folio n° 3794)
E. A. POE	*Aventure sans pareille d'un certain Hans Pfaall* (Folio n° 3862)
E. A. POE	*Petite discussion avec une momie et autres histoires extraordinaires* (Folio n° 4558)
J.-B. POUY	*La mauvaise graine* et autres nouvelles (Folio n° 4321)

M. PROUST	*L'affaire Lemoine* (Folio n° 4325)
M. PROUST	*La fin de la jalousie* et autres nouvelles (Folio n° 4790)
QIAN ZHONGSHU	*Pensée fidèle* suivi de *Inspiration* (Folio n° 4324)
R. RENDELL	*L'Arbousier* (Folio n° 3620)
J. RHYS	*À septembre, Petronella* suivi de *Qu'ils appellent ça du jazz* (Folio n° 4448)
R. M. RILKE	*Au fil de la vie* (Folio n° 4557)
P. ROTH	*L'habit ne fait pas le moine* précédé de *Défenseur de la foi* (Folio n° 3630)
D. A. F. DE SADE	*Ernestine. Nouvelle suédoise* (Folio n° 3698)
D. A. F. DE SADE	*Eugénie de Franval* (Folio n° 4785)
D. A. F. DE SADE	*La Philosophie dans le boudoir* (Les quatre premiers dialogues) (Folio n° 4150)
A. DE SAINT-EXUPÉRY	*Lettre à un otage* (Folio n° 4104)
G. SAND	*Pauline* (Folio n° 4522)
B. SANSAL	*Petit éloge de la mémoire* (Folio n° 4486)
J.-P. SARTRE	*L'enfance d'un chef* (Folio n° 3932)
B. SCHLINK	*La circoncision* (Folio n° 3869)
B. SCHULZ	*Le printemps* (Folio n° 4323)
L. SCIASCIA	*Mort de l'Inquisiteur* (Folio n° 3631)
SÉNÈQUE	*De la constance du sage* suivi de *De la tranquillité de l'âme* (Folio n° 3933)
D. SHAHAR	*La moustache du pape* et autres nouvelles (Folio n° 4597)
G. SIMENON	*L'énigme de la* Marie-Galante (Folio n° 3863)

D. SIMMONS	*Les Fosses d'Iverson* (Folio n° 3968)
J. B. SINGER	*La destruction de Kreshev* (Folio n° 3871)
P. SOLLERS	*Liberté du XVIIIème* (Folio n° 3756)
G. STEIN	*La brave Anna* (Folio n° 4449)
STENDHAL	*Féder ou Le Mari d'argent* (Folio n° 4197)
R. L. STEVENSON	*La Chaussée des Merry Men* (Folio n° 4744)
R. L. STEVENSON	*Le Club du suicide* (Folio n° 3934)
I. SVEVO	*L'assassinat de la Via Belpoggio* et autres nouvelles (Folio n° 4151)
R. TAGORE	*La petite mariée* suivi de *Nuage et soleil* (Folio n° 4046)
J. TANIZAKI	*Le coupeur de roseaux* (Folio n° 3969)
J. TANIZAKI	*Le meurtre d'O-Tsuya* (Folio n° 4195)
A. TCHEKHOV	*Une banale histoire* (Folio n° 4105)
H. D. THOREAU	*« Je vivais seul, dans les bois »* (Folio n° 4745)
L. TOLSTOÏ	*Le réveillon du jeune tsar* et autres contes (Folio n° 4199)
I. TOURGUÉNIEV	*Clara Militch* (Folio n° 4047)
M. TOURNIER	*Lieux dits* (Folio n° 3699)
M. TOURNIER	*L'aire du Muguet* précédé de *La jeune fille et la mort* (Folio n° 4746)
E. TRIOLET	*Les Amants d'Avignon* (Folio n° 4521)
M. TWAIN	*Un majestueux fossile littéraire* ET autres nouvelles (Folio n° 4598)
M. VARGAS LLOSA	*Les chiots* (Folio n° 3760)
P. VERLAINE	*Chansons pour elle* et autres poèmes érotiques (Folio n° 3700)

Composition Nord Compo
Impression Novoprint
à Barcelone, le 3 décembre 2008
Dépôt légal : décembre 2008

ISBN 978-2-07-035995-0/Imprimé en Espagne.

162053